Ödön von Horváth

Der ewige Spießer

Erbaulicher Roman in drei Teilen

Ödön von Horváth: Der ewige Spießer. Erbaulicher Roman in drei Teilen

Berliner Ausgabe, 2015, 5. Auflage
Vollständiger, durchgesehener Neusatz bearbeitet und eingerichtet von Michael Holzinger

Erstdruck Berlin, Propyläen-Verlag, 1930.

Herausgeber der Reihe: Michael Holzinger
Reihengestaltung: Viktor Harvion

Gesetzt aus Minion Pro, 11 pt

ISBN 978-1-5151-4498-4

Für Ernst Weiß

Der Spießer ist bekanntlich ein hypochondrischer Egoist, und so trachtet er danach, sich überall feige anzupassen und jede neue Formulierung der Idee zu verfälschen, indem er sie sich aneignet. Wenn ich mich nicht irre, hat es sich allmählich herumgesprochen, daß wir ausgerechnet zwischen zwei Zeitaltern leben. Auch der alte Typ des Spießers ist es nicht mehr wert, lächerlich gemacht zu werden; wer ihn heute noch verhöhnt, ist bestenfalls ein Spießer der Zukunft. Ich sage Zukunft, denn der neue Typ des Spießers ist erst im Werden, er hat sich noch nicht herauskristallisiert.

Es soll nun versucht werden, in Form eines Romans einige Beiträge zur Biologie dieses werdenden Spießers zu liefern. Der Verfasser wagt natürlich nicht zu hoffen, daß er durch diese Seiten ein gesetzmäßiges Weltgeschehen beeinflussen könnte, jedoch immerhin.

Erster Teil

Herr Kobler wird Paneuropäer

Denn solang du dies nicht hast,
Dieses *Stirb und werde!*,
Bist du noch ein trüber Gast
Auf der dunklen Erde.

1

Mitte September 1929 verdiente Herr Alfons Kobler aus der Schellingstraße sechshundert Reichsmark. Es gibt viele Leut, die sich soviel Geld gar nicht vorstellen können.

Auch Herr Kobler hatte noch niemals soviel Geld so ganz auf einmal verdient, aber diesmal war ihm das Glück hold. Es zwinkerte ihm zu, und Herr Kobler hatte plötzlich einen elastischeren Gang. An der Ecke der Schellingstraße kaufte er sich bei der guten alten Frau Stanzinger eine Schachtel Achtpfennigzigaretten, direkt aus Mazedonien. Er liebte nämlich dieselben sehr, weil sie so überaus mild und aromatisch waren.

»Jessas Mariandjosef!« schrie die brave Frau Stanzinger, die, seitdem ihr Fräulein Schwester gestorben war, einsam zwischen ihren Tabakwaren und Rauchutensilien saß und aussah, als würde sie jeden Tag um ein Stückchen kleiner werden – »Seit wann rauchens denn welche zu acht, Herr Kobler? Wo habens denn das viele Geld her? Habens denn wen umgebracht, oder haben Sie sich gar mit der Frau Hofopernsänger wieder versöhnt?« – »Nein«, sagte der Herr Kobler. »Ich hab bloß endlich den Karren verkauft.«

Dieser Karren war ein ausgeleierter Sechszylinder, ein Kabriolett mit Notsitz. Es hatte bereits vierundachtzigtausend Kilometer hinter sich, drei Dutzend Pannen und zwei lebensgefährliche Verletzungen. Ein Greis.

Trotzdem fand Kobler einen Käufer. Das war ein Käsehändler aus Rosenheim, namens Portschinger, ein begeisterungsfähiger großer dicker Mensch. Der hatte bereits Mitte August dreihundert Reichsmark angezahlt und hatte ihm sein Ehrenwort gegeben, jenen Greis spätestens Mitte September abzuholen und dann auch die restlichen sechshundert Reichsmark sofort in bar mitzubringen. So sehr war er über diesen außerordentlich billigen Gelegenheitskauf Feuer und Flamme.

Und drum hielt er auch sein Ehrenwort. Pünktlich erschien er Mitte September in der Schellingstraße und meldete sich bei Kobler. In seiner Gesellschaft befand sich sein Freund Adam Mauerer, den er sich aus Rosenheim extra mitgebracht hatte, da er ihn als Sachverständigen achtete, weil dieser Adam bereits seit 1925 ein steuerfreies Leichtmotorrad besaß. Der Herr Portschinger hatte nämlich erst seit vorgestern einen Führerschein, und weil er überhaupt kein eingebildeter Mensch war, war er sich auch jetzt darüber klar, daß er noch lange nicht genügend hinter die Geheimnisse des Motors gekommen war.

Der Sachverständige besah sich das Kabriolett ganz genau und war dann auch schlechthin begeistert. »Das ist ein Notsitz!« rief er. »Ein wunderbarer Notsitz! Ein gepolsterter Notsitz! Der absolute Notsitz! Kaufs, du Rindvieh!« Das Rindvieh kaufte es auch sogleich, als wären die restlichen sechshundert Reichsmark Lappalien, und während der Kobler die Scheine auf ihre Echtheit prüfte, verabschiedete es sich von ihm: »Alsdann, Herr Kobler, wanns mal nach Rosenheim kommen, besuchens mich mal. Meine Frau wird sich freuen, Sie müssen ihr nachher auch die Geschicht von dem Prälatn erzählen, der wo mit die jungen Madln herumgstreunt is wie ein läufiges Nachtkastl. Meine Frau is nämlich noch liberaler als ich. Heil!«

Hierauf nahmen die beiden Rosenheimer Herren im Kabriolett Platz und fuhren beglückt nach Rosenheim zurück, das heißt: sie hatten dies vor.

»Der Karren hat an schönen Gang«, meinte der Sachverständige. Sie fuhren über den Bahnhofsplatz. »Es is scho schöner so im eignen Kabriolett als auf der stinkerten Bahn«, meinte der Herr Portschinger. Er strengte sich nicht mehr an, hochdeutsch zu sprechen, denn er war sehr befriedigt.

Sie fuhren über den Marienplatz.

»Schließen Sie doch den Auspuff!« brüllte sie ein Schutzmann an. »Is ja scho zu!« brüllte der Herr Portschinger, und der Sachverständige fügte noch hinzu: das Kabriolett hätte halt schon eine sehr schöne Aussprache, und nur kein Neid.

Nach fünf Kilometern hatten sie die erste Panne. Sie mußten das linke Vorderrad wechseln. »Das kommt beim besten Kabriolett vor«, meinte der Sachverständige. Nach einer weiteren Stunde fing der Ventilator an zu zwitschern wie eine Lerche, und knapp vor Rosenheim überschlug sich das Kabriolett infolge Achsenbruchs, nachdem kurz vorher sämtliche Bremsen versagt hatten. Die beiden Herren flogen in hohem Bogen heraus, blieben aber wie durch ein sogenanntes Wunder unverletzt, während das Kabriolett einen dampfenden Trümmerhaufen bildete.

»Es ist bloß gut, daß uns nix passiert is«, meinte der Sachverständige. Der Portschinger aber lief wütend zum nächsten Rechtsanwalt, jedoch der Rechtsanwalt zuckte nur mit den Schultern. »Der Kauf geht in Ordnung«, sagte er. »Sie hätten eben vor Abschluß genauere Informationen über die Leistungsfähigkeit des Kabrioletts einholen müssen. Beruhigen Sie sich, Herr Portschinger, Sie sind eben betrogen worden, da kann man nichts machen!«

2

Seinerzeit, als dieser Karren noch fabrikneu war, hatte ihn sich jene Hofopernsängerin gekauft, die wo die Frau Stanzinger in Verdacht hatte, daß sie den Herrn Kobler aushält. Aber das stimmte nicht in dieser Form. Zwar hatte sie den Kobler gleich auf den ersten Blick recht liebgewonnen; dies ist in der Firma »Gebrüder Bär« geschehen, also in eben jenem Laden, wo sie sich den fabrikneuen Karren gekauft hatte.

Der Kobler ging dann bei ihr ein und aus, von Anfang Oktober bis Ende August, aber dieses ganze Verhältnis war in pekuniärer Hinsicht direkt platonisch. Er aß, trank und badete bei ihr, aber niemals hätte er auch nur eine Mark von ihr angenommen. Sie hätte ihm so was auch niemals angeboten, denn sie war eine feine gebildete Dame, eine ehemalige Hofopernsängerin, die seit dem Umsturz nur mehr in Wohltätigkeitskonzerten sang. Sie konnte sich all diese Wohltäterei ungeniert leisten, denn sie nannte u. a. eine schöne Villa mit parkähnlichem Vorgarten ihr eigen, aber sie würdigte es nicht, zehn Zimmer allein bewohnen zu können, denn oft in der Nacht fürchtete sie sich vor ihrem verstorbenen Gatten, einem dänischen Honorarkonsul. Der hatte knapp vor dem Weltkrieg mit seinem vereiterten Blinddarm an die Himmelspforte geklopft und hatte ihr all sein Geld hinterlassen, und das ist sehr viel gewesen. Sie hatte ehrlich um ihn getrauert, und erst 1918, als beginnende Vierzigerin, hatte sie wieder mal Sehnsucht nach irgendeinem Mannsbild empfunden. Und 1927 blickte sie auf ein halbes Jahrhundert zurück.

Der Kobler hingegen befand sich 1929 erst im siebenundzwanzigsten Lenze und war weder auffallend gebildet noch besonders fein. Auch ist er immer schon ziemlich ungeduldig gewesen – drum hielt er es auch bei »Gebrüder Bär« nur knapp den Winter über aus, obwohl der eine Bär immer wieder sagte: »Sie sind ein tüchtiger Verkäufer, lieber Kobler!«

Er verstand ja auch was vom Autogeschäft, aber er hatte so seine Schrullen, die ihm auf die Dauer der andere Bär nicht verzeihen konnte. So unternahm er u. a. häufig ausgedehnte Probefahrten mit Damen, die er sich im geheimen extra dazu hinbestellt hatte. Diese Damen traten dann vor den beiden Bären ungemein selbstsicher auf, so ungefähr, als könnten sie sich aus purer Laune einen ganzen Autobus kaufen. Einmal jedoch erkannte der andere Bär in einer solchen Dame eine Prostituierte, und als dann gegen Abend der Herr Kobler zufrieden von seiner Probefahrt zurückfuhr, erwartete ihn dieser Bär bereits auf der Straße vor dem Laden, riß die Tür auf und roch in die Limousine hinein. »Sie machen da sonderbare Probefahrten, lieber Kobler«, sagte er maliziös. Und der liebe Kobler mußte sich dann wohl oder übel selbstständig machen. Zwar konnte er sich natürlich keinen Laden mieten und betrieb infolgedessen den Kraftfahrzeughandel in bescheidenen Grenzen, aber er war halt sein eigener Herr. Er hatte jedoch diese höhere soziale Stufe nur erklimmen können, weil er mit jener Hofopernsängerin befreundet war. Darüber ärgerte er sich manchmal sehr.

Recht lange währte ja diese Freundschaft nicht. Sie zerbrach Ende August aus zwei Gründen. Die Hofopernsängerin fing plötzlich an, widerlich rasch zu altern. Dies war der eine Grund. Aber der ausschlaggebende Grund war eine geschäftliche Differenz.

Nämlich die Hofopernsängerin ersuchte den Kobler, ihr kaputtes Kabriolett mit Notsitz möglichst günstig an den Mann zu bringen. Als nun Kobler von dem Herrn Portschinger die ersten dreihundert Reichsmark erhielt, lieferte er der Hofopernsängerin in einer ungezogenen Weise lediglich fünfzig Reichsmark ab, worüber die sich derart aufregte, daß sie ihn sogar anzeigen wollte. Sie unterließ dies aber aus Angst, ihr Name könnte in die Zeitungen geraten, denn dies hätte sie sich nicht leisten dürfen, da sie mit der Frau eines Ministerialrats aus dem Kultusministerium, die sich einbildete, singen zu können, befreundet war. Also schrieb sie ihrem Kobler lediglich, daß sie ihn für einen glatten Schurken halte, daß er eine Enttäuschung für sie bedeute und daß sie mit einem derartigen Subjekte als Menschen nichts mehr zu tun haben wolle. Und dann schrieb sie ihm einen zweiten Brief, in dem sie ihm auseinandersetzte, daß man eine Liebe nicht so einfach zerreißen könne wie ein Seidenpapier, denn als Weib bleibe doch immer ein kleines Etwas unauslöschlich in einem drinnen stecken. Der Kobler sagte sich: Ich bin doch ein guter Mensch, und telefonierte mit ihr. Sie trafen sich dann zum Abendessen draußen im Ausstellungsrestaurant. »Peter«, sagte die Hofopernsängerin. Sonst sagte sie die erste Viertelstunde über nichts.

Kobler hieß zwar nicht Peter, sondern Alfons, aber »Peter klingt besser«, hatte die Hofopernsängerin immer schon konstatiert. Auch ihm selbst gefiel es besser, besonders wenn es die Hofopernsängerin aussprach, dann konnte man nämlich direkt meinen, man sei zumindest in Chikago. Für Amerika schwärmte er zwar nicht, aber er achtete es. »Das sind Kofmichs!« pflegte er zu sagen.

Die Musik spielte sehr zart im Ausstellungsrestaurant, und die Hofopernsängerin wurde wieder ganz weich. »Ich will dir alles verzeihen, Darling, behalt nur getrost mein ganzes Kabriolett«, so ungefähr lächelte sie ihm zu. Der Darling aber dachte: Jetzt fällt's mir erst auf, wie alt daß die schon ist. Er brachte sie dann nach Hause, ging aber nicht mit hinauf. Die Hofopernsängerin warf sich auf das Sofa und stöhnte: »Ich möcht mein Kabriolett zurück!«, und plötzlich fühlte sie, daß ihr verstorbener Gatte hinter ihr steht. »Schau mich nicht so an!« brüllte sie. »Pardon! Du hast Krampfadern«, sagte der ehemalige Honorarkonsul und zog sich zurück in die Ewigkeit.

3

An der übernächsten Ecke der Schellingstraße wohnte Kobler möbliert im zweiten Stock links bei einer gewissen Frau Perzl, einer Wienerin, die zur Generation der Hofopernsängerin gehörte. Auch sie war Witwe, aber ansonsten konnte man sie schon in gar keiner Weise mit jener vergleichen. Nie kam es unter anderem vor, daß sie sich vor ihrem verstorbenen Gatten gefürchtet hätte, nur ab und zu träumte sie von Ringkämpfern. So hat sich mal solch ein Ringkämpfer vor ihr verbeugt, der hat dem Kobler sehr ähnlich gesehen, und hat gesagt: »Es ist gerade 1904. Bitte, halt mir den Daumen, Josephin! Ich will jetzt auf der Stelle Weltmeister werden, du Hur!«

Sie sympathisierte mit dem Kobler, denn sie liebte unter anderem sein angenehmes Organ so sehr, daß er ihr die Miete auch vierzehn Tage und länger schuldig bleiben konnte. Besonders seine Kragenpartie, wenn er ihr den Rücken zuwandte, erregte ihr Gefallen.

Oft klagte sie über Schmerzen. Der Arzt sagte, sie hätte einen Hexenschuß, und ein anderer Arzt sagte, sie hätte eine Wanderniere, und ein dritter Arzt sagte, sie müsse sich vor ihrer eigenen Verdauung hüten. Was ein vierter Arzt sagte, das sagte sie niemandem. Sie ging gern zu den Ärzten, zu den groben und zu den artigen.

Auch ihr Seliger ist ja Mediziner gewesen, ein Frauenarzt in Wien. Er stammte aus einer angesehenen, leicht verblödelten, christlich-sozialen

Familie und hatte sich im Laufe der Vorkriegsjahre sechs Häuser zusammengeerbt. Eines stand in Prag. Sie hingegen hatte bloß den dritten Teil einer Windmühle bei Brescia in Oberitalien mit in die Ehe gebracht, aber das hatte er ihr nur ein einziges Mal vorgeworfen. Ihre Großmutter war eine gebürtige Mailänderin gewesen.

Der Doktor Perzl ist Anno Domini 1907 ein Opfer seines Berufes geworden. Er hatte sich mit der Leiche einer seiner Patientinnen infiziert. Wie er die nämlich auseinandergeschnitten hatte, um herauszubekommen, was ihr eigentlich gefehlt hätte, hatte er sich selbst einen tiefen Schnitt beigebracht, so unvorsichtig hat er mit dem Seziermesser herumhantiert, weil er halt wieder mal besoffen gewesen ist. Es hat allgemein geheißen, wenn er kein Quartalssäufer gewesen wär, so hätt er eine glänzende Zukunft gehabt.

Ferdinand Perzl, das einzige Kind, hatte die Kadettenschule absolvieren müssen, weil er als Gymnasiast nichts Vernünftiges hatte werden wollen. Er ist dann ein k. u. k. Oberleutnant geworden, und es ist ihm auch gelungen, den Weltkrieg in der Etappe zu verhuren. Aber nachdem Österreich-Ungarn alles verspielt und auch er selbst allmählich alles, was er erben sollte, die sechs Häuser und das Drittel der Windmühle, verloren hatte, ist er in sich gegangen und hat nicht mehr herumgehurt, sondern hat bloß zähneknirschend und mit der Faust in der Tasche zugeschaut, wie dies die Valutastarken taten. Er ist in ein Kontor gekommen und hatte seine liederliche Haltung während des großen Völkerringens in seinen Augen ausradiert, ist Antisemit geworden und hat die Kontoristin Frieda Klovac geheiratet, eine Blondine mit zwei linke Füß. Solch kleine Abnormitäten konnten ihn seit seiner Etappenzeit ganz wehmütig stimmen.

Über diese Heiraterei hatte sich jedoch seine Mutter sehr aufgeregt, denn sie hatte ja immer schon gehofft, daß der Nandl mal ein anständiges Mädl aus einem schwerreichen Hause heiraten würde. Eine Angestellte war in ihren Augen keine ganz einwandfreie Persönlichkeit, besonders als Schwiegertochter nicht. Sie titulierte sie also nie anders als »das Mensch«, »die Sau«, »das Mistvieh« und dergleichen.

Und je ärmer sie wurde, um so stärker betonte sie ihre gesellschaftliche Herkunft, mit anderen Worten: Je härter sie ihre materielle Niederlage empfand, um so bewußter wurde sie sich ihrer ideellen Überlegenheit. Diese ideelle Überlegenheit bestand vor allem aus Unwissenheit und aus der natürlichen Beschränktheit des mittleren Bürgertums. Wie alle ihresgleichen haßte sie nicht die uniformierten und zivilen Verbrecher, die sie durch Krieg, Inflation, Deflation und Stabilisierung begaunert hatten, sondern ausschließlich das Proletariat, weil sie ahnte, ohne sich darüber klarwerden zu wollen, daß dieser Klasse die Zukunft gehört. Sie wurde neidisch, leugnete es aber ab. Sie fühlte sich zutiefst gekränkt und in ihren heiligsten Gefühlen verletzt, wenn sie sah, daß sich ein Arbeiter ein Glas Bier leisten konnte. Sie wurde schon rabiat, wenn sie nur einen demokratischen Leitartikel las. Es war kaum mit ihr auszuhalten am 1. Mai.

Nur einmal hatte sie acht Jahre lang einen Hausfreund, einen Zeichenlehrer von der Oberrealschule im achten Bezirk. Der ist immer schon etwas nervös gewesen und hat immer schon so seltsame Aussprüche getan, wie: »Na, wer ist denn schon der Tizian? Ein Katzlmacher!« Endlich wurde er eines Tages korrekt verrückt, so wie sich's gehört. Das begann mit einem übertriebenen Reinlichkeitsbedürfnis. Er rasierte sich den ganzen Körper, schnitt sich peinlich die Härchen aus den Nasenlöchern und zog sich täglich zehnmal um, obwohl er nur einen Anzug besaß. Später trug er dann auch beständig ein Staubtuch mit sich herum und staubte alles ab, die Kandelaber, das Pflaster, die Trambahn, den Sockel des Maria-Theresia-Denkmals – und zum Schluß wollte er partout die Luft abstauben. Dann war's aus.

4

Doch lassen wir nun diese historisch-soziologischen Skizzen und kehren wir zurück in die Gegenwart, und zwar in die Schellingstraße.

Knapp zehn Minuten bevor der Kobler nach Hause kam, läutete ein gewisser Graf Blanquez bei der Frau Perzl. Er sagte ihr, er wolle in Koblers Zimmer auf seinen Freund Kobler warten.

Dieser Graf Blanquez war eine elegante Erscheinung und eine verpatzte Persönlichkeit. Seine Ahnen waren Hugenotten, er selbst wurde im Bayerischen Wald geboren. Erzogen wurde er teils von Piaristen, teils von einem homosexuellen Stabsarzt in einem der verzweifelten Kriegsgefangenenlager Sibiriens. Mit seiner Familie vertrug er sich nicht, weil er vierzehn Geschwister hatte. Trotzdem schien er meist guter Laune zu sein, ein großer Junge, ein treuer Gefährte, jedoch leider ohne Hemmungen. Er liebte Musik, ging aber nie in die Oper, weil ihn jede Oper an die Hugenotten erinnerte, und wenn er an die Hugenotten dachte, wurde er melancholisch.

Die Perzl ließ ihn ziemlich unfreundlich hinein, denn er war ihr nicht gerade sympathisch, da sie ihn im Verdacht hatte, daß er sich nur für junge Mädchen interessiert. Wo hat der nur seine eleganten Krawatten her? überlegte sie mißtrauisch und beobachtete ihn durchs Schlüsselloch. Sie sah, wie er sich aufs Sofa setzte und in der Nase bohrte, das Herausgeholte aufmerksam betrachtete und es dann gelangweilt an die Tischkante schmierte. Dann starrte er Koblers Bett an und lächelte zynisch. Hierauf kramte er in Koblers Schubladen, durchflog dessen Korrespondenz und ärgerte sich, daß er nirgends Zigaretten fand, worauf er sich aus Koblers Schrank ein Taschentuch nahm und sich vor dem Spiegel seine Mitesser ausdrückte. Er war eben, wie bereits gesagt, leider hemmungslos.

Er kämmte sich gerade mit Koblers Kamm, als dieser die Perzl am Schlüsselloch überraschte. »Der Herr Graf sind da«, flüsterte sie. »Aber ich an Ihrer Stell würd ihm das schon verbieten. Denken Sie sich nur, kommt er da gestern nicht herauf mit einem Mensch, legt sich einfach in Ihr Bett damit, gebraucht Ihr Handtuch und ist wieder weg damit! Das geht doch entschieden zu weit, ich tät das dem Herrn Grafen mal sagen!«

»Das ist gar nicht so einfach, wie Sie sich das vorstellen«, meinte Kobler. »Der Graf ist nämlich leicht gekränkt, er könnt das leicht falsch auffassen, und ich muß mich mit ihm vertragen, weil ich oft geschäftlich mit ihm zusammenarbeiten muß. An dem Handtuch ist mir zwar heut schon etwas aufgefallen, wie ich mir das Gesicht abgewischt hab, aber eine Hand wäscht halt die andere.«

Die Perzl zog sich gekränkt in ihre Küche zurück und murmelte was Ungünstiges über die heutigen Kavaliere.

Als der Graf den Kobler erblickte, gurgelte er gerade mit dessen Mundwasser und ließ sich nicht stören. »Ah, Servus!« rief er ihm zu. »Verzeih, aber ich hab grad so einen miserablen Geschmack im Mund. Apropos: Ich weiß schon, du hast den Karren verkauft. Man gratuliert!«

»Danke«, sagte Kobler kleinlaut und wartete verärgert, daß man ihn anpumpt. Woher weiß denn das schon jeder Gauner, daß ich den Portschinger betrogen hab? fragte er sich verzweifelt.

Er überlegte: Pump mich nur an, aber dann schlag ich dir auf dein unappetitliches Maul!

Aber es kam ganz im Gegenteil. Der Graf legte mit einer chevaleresken Geste zehn Reichsmark auf den Tisch. »Mit vielem Dank zurück«, lächelte er verbindlich und gurgelte weiter, als wäre nichts Besonderes passiert. »Du hast es, scheint's, vergessen«, bemerkte er dann noch so nebenbei, »daß du mir mal zehn Mark geliehen hast.« Was für ein Tag! dachte Kobler.

»Ich kann es dir heut leicht zurückzahlen«, fuhr der Graf fort, »weil ich heut nacht eine Erbschaft machen werd. Mein Großonkel, der um zehn Monate jünger ist als ich, liegt nämlich im Sterben. Er hat den Krebs. Der Ärmste leidet fürchterlich, Krebs ist bekanntlich unheilbar, wir wissen ja noch gar nicht, ob das ein Bazillus ist oder eine Wucherung. Er wird die Nacht nicht überleben, das steht fest. Wie er von seinem Leiden erlöst ist, fahr ich nach Zoppot. Nein, nicht durch Polen, oben rum.«

»Gehört Zoppot noch zu Deutschland?« erkundigte sich Kobler.

»Nein, Zoppot liegt im Freistaat Danzig, der direkt dem Völkerbund untergeordnet ist«, belehrte ihn der Graf. »Übrigens, wenn ich du wär, würd ich jetzt auch wegfahren, du kannst deine Sechshundert gar nicht besser anlegen. Wenn du mir folgst, fährst du einfach auf zehn Tag in ein Luxushotel, lernst dort eine reiche Frau kennen, und alles Weitere wird sich dann sehr leger abspielen, du hast ja ein gutes Auftreten. Du kannst für dein ganzes Leben die märchenhaftesten Verbindungen bekommen, garantiert! Du kennst doch den langen Kammerlocher, der wo früher bei den Ulanen war, den Kadettaspiranten, der wo in der Maxim-Bar die Zech geprellt hat? Der ist mit ganzen zweihundert Schilling nach Meran gefahren, hat sich dort in ein Luxushotel einlogiert, hat noch am gleichen Abend eine Ägypterin mit a paar Pyramiden zum Boston engagiert, hat mit ihr geflirtet und hat sie dann heiraten müssen, weil er sie kompromittiert hat. Jetzt gehört ihm halb Ägypten. Und was hat er gehabt? Nix hat er gehabt. Und was ist er gewesen? Pervers ist er gewesen! Lange Seidenstrümpf hat er sich angezogen und hat seine Haxen im Spiegel betrachtet. Ein Narziß!«

»Das muß ich mir noch durch den Kopf gehen lassen, wie ich am besten mein Geld ausgib«, meinte Kobler nachdenklich. »Ich bin kein Narziß«, fügte er hinzu. Die langen Haxen des Kammerlocher, das Luxushotel und die Pyramiden hatten ihn etwas verwirrt. Mechanisch bot er dem Grafen eine Achtpfennigzigarette an. »Das sind Mazedonier«, sagte der Graf. »Ich nehm mir gleich zwei.«

Sie rauchten. »Ich fahr bestimmt nach Zoppot«, wiederholte der Graf. Es schlug elf. »Es ist schon zwölf«, sagte der Graf, denn er war sehr verlogen.

Dann wurde er plötzlich nervös.

»Also ich fahr nach Zoppot«, wiederholte er sich abermals. »Ich werd dort spielen, ich hab nämlich ein Spielsystem, das basiert auf den Gesetzen der Wahrscheinlichkeitsrechnung. Du setzt immer auf die Zahl, die am wahrscheinlichsten herauskommt. Du mußt wahrscheinlich gewinnen.

Das ist sehr wahrscheinlich. Apropos wahrscheinlich: Gib mir doch deine zehn Mark wieder retour, es ist mir gerade eingefallen, daß ich sie dir lieber morgen retour gib. Ich krieg sonst meine Wäsche nicht raus. Ich hab mir schon zuvor ein Taschentuch von dir borgen müssen.«

5

Kobler rasierte sich gerade, und die Perzl brachte ihm das neue Handtuch. »Ende gut, alles gut«, triumphierte sie. »Ich bin Ihnen direkt dankbar, daß Sie diesen Grafen endlich energisch hinauskomplimentiert habn! Ich freu mich wirklich sehr, daß ich den Strizzi nimmer zu sehn brauch!«

Halt's Maul, Perzl! dachte Kobler und setzte ihr spitz auseinander, daß sie den Grafen total verkenne, man müsse es ihm nur manchmal sagen, daß er ein unmöglicher Mensch sei, sonst würd er sich ja mit sich selber nicht mehr auskennen. Im Moment sei er freilich gekränkt, aber hernach danke er einem dafür. – »So, und jetzt bringens mir etwas heißes Wasser!« sagte er und schien keinen Widerspruch zu dulden.

Sie brachte es ihm, setzte sich dann auf den kleinsten Stuhl und sah ihm aufmerksam zu. Sich rasierenden Männern hatte sie schon immer vieles verzeihen müssen. Das lag so in ihrem Naturell. Er hingegen beachtete sie kaum, da er es schon gar nicht mochte, daß sie mit ihrem Rüssel in seinem Privatleben herumwühlte.

»Also einen Großonkel hab ich nie gehabt«, ließ sie sich schüchtern wieder vernehmen, »aber wie mein Stiefbruder gestorben ist ...« Kobler unterbrach sie ungeduldig: »Also das mit dem sterbenden Großonkel war doch nur Stimmungsmache, damit ich ihm leichter was leih! Der Graf ist nämlich sehr raffiniert. Er ist aber auch sehr vergeßlich; bedenken Sie, daß er im Krieg verschüttet war. Er ist doch nicht mehr der Jüngste. Heutzutag muß man über Leichen gehen, wenn man was erreichen will. Ich geh aber nicht über Leichen, weil ich nicht kann. So, und jetzt bringens mir etwas kaltes Wasser!«

Sie brachte ihm auch das kalte Wasser und betrachtete treuherzig seinen Rücken. »Darf man ein offenes Wort sagen, Herr Kobler?« – Kobler stutzte und fixierte sich selbst im Spiegel. Offen? überlegte er. Offen? Aber dann kündig ich zum ersten Oktober! Langsam wandte er sich ihr zu. »Bitte!« sagte er offiziell.

»Sie wissen's ja jetzt, wie hoch ich den Herrn Grafen einschätz, aber trotzdem hat er vorhin in einem Punkt recht gehabt, nämlich was das Reisen betrifft. Wenn ich jetzt Ihr Geld hätt, ließ ich sofort alles liegen, wie's grad liegt, nur naus in die Welt!« Also das ist der ihr offenes Wort, dachte Kobler beruhigt und wurde auffallend überlegen: »Sagen Sie, Frau Perzl, warum horchen Sie denn immer, wenn ich Besuch empfange?« – »Ich hab doch nicht gehorcht!« protestierte die Perzl und gestikulierte sehr. »Ich war doch grad am Radio, aber ich hab schon kein Ton gehört von dem klassischen Quartett, so laut haben sich die beiden Herren die Meinung gesagt! Könnens mir glauben, ich hätt mich lieber an der Musik erbaut, als Ihr urdanäres Gschimpf mit angehört!« – »Schon gut, Frau Perzl, so war es ja nicht gemeint«, trat Kobler den Rückzug an, während sie sich als verfolgte Unschuld sehr gefiel. »Wenn ich an all die fremden Länder denk«, sagte sie, »so hebt's mich direkt von der Erden weg, so sehr sehn ich mich nach Abbazia.«

Kobler ging auf und ab.

»Was Sie da über die weite Welt reden«, sagte er, »interessiert mich schon sehr. Nämlich ich hab mir schon oft gedacht, daß man das Ausland kennenlernen soll, um seinen Horizont zu erweitern. Besonders für mich als jungen Kaufmann wär's schon sehr arg, wenn ich hier nicht rauskommen tät, denn man muß sich mit den Verkaufsmethoden des Auslands vertraut machen. Also wie zum Beispiel ein Kabriolett mit Notsitz in Polen und wie das gleiche in Griechenland verkauft wird. Das werden zwar oft nur Nuancen sein, aber auf solche Nuancen kommt's halt oft an. Es wird ja immer schwerer mit dem Dienst am Kunden. Die Leut werden immer anspruchsvoller und –« Er stockte, denn plötzlich durchzuckte es ihn schaurig: Wer garantiert mir, daß ich noch einen Portschinger find?

Niemand garantiert dir, Alfons Kobler, kein Gott und kein Schwein, so ging es in ihm zu. Er starrte bekümmert vor sich hin. »Nichts ist der Kundschaft gut und billig genug«, meinte er traurig und lächelte resigniert.

»Sie werden im Ausland sicher viel lernen, was Sie dann opulent verwerten können«, tröstete ihn die Perzl. »Was Sie nur allein an Kunstschätzen sehn werden! In Paris den Louvre, und im Dogenpalast hängt das Porträt eines alten Dogen, der schaut einen immer an, wo man auch grad steht. Aber besonders Florenz! Und das Forum Romanum in Rom! Überhaupt die Antike!« Doch Kobler wehrte ab: »Also für die Kunst hab ich schon gar nichts übrig! Haltens mich denn für weltfremd? Dafür interessieren sich doch nur die Weiber von den reichen Juden, wie die Frau Autobär, die von der Gotik ganz weg war und sich von einem Belletristen hat bearbeiten lassen!« Die Perzl nickte deprimiert. »Früher war das anders«, sagte sie.

»Bei mir muß alles einen Sinn haben«, konstatierte Kobler. »Habens das ghört, was der Graf über die Ägypterin mit den Pyramiden gewußt hat? Sehens, das hätt einen Sinn!«

Die Perzl wurde immer deprimierter. »Ihnen tät ich's von Herzen gönnen, lieber Herr!« rief sie verzweifelt. »Hätt doch nur auch mein armer Sohn einen Sinn ghabt und hätt sich so eine reiche Ägypterin rausgsucht statt das Mistvieh von einer Tippmamsell, Gott verzeih ihr die Sünd!«

Sie schluchzte.

»Kennen Sie Zoppot?« fragte Kobler.

»Ich kenn ja nur alles von vor dem Krieg! Mein Mann selig ist viel mit mir rumgefahren. Sogar auf den Vesuv hat er mich nauf. Oh, wie möcht ich mal wieder nauf!«

Sie weinte.

»Beruhigen Sie sich«, sagte Kobler. »Was nicht geht, geht nicht!«

»Damit tröst ich mich auch«, wimmerte die Perzl. Dann nahm sie sich zusammen.

»Pardon, daß ich Sie molestiert hab«, lächelte sie geschmerzt. »Aber wenn ich Sie wär, würd ich morgen direkt nach Barcelona fahren, dort ist doch jetzt grad eine Weltausstellung. Da müssens in gar kein Luxushotel, da könnens solche Ägypterinnen leicht in den Pavillonen kennenlernen, das ist immer so in Weltausstellungen. In der Pariser Weltausstellung hab ich mal meinen Seligen verloren, und schon spricht mich ein eleganter Herr an, und wie ich ihn anschau, macht er seinen Ulster auf und hat nichts darunter an, ich erwähn das nur nebenbei.«

6

Kobler betrat ein amtliches Reisebüro, denn er wußte, daß einem dort umsonst geantwortet wird. Er wollte sich über Barcelona erkundigen und wie man es am einfachsten erreichen tät. Zoppot hatte er nämlich fallenlassen, da er von der Perzl überzeugt worden war, daß an einem Orte, wo die ganze Welt ausstellt, wahrscheinlich eine bedeutend größere Auswahl Ägypterinnen anzutreffen wäre als in dem luxuriösesten Luxushotel. Außerdem würde er dabei auch die ganzen Luxushotelkosten sparen, und wenn es nichts werden sollte mit den Ägypterinnen (was er zwar nicht befürchtete, aber er rechnete mit jeder Eventualität), so könnte er seine Kenntnisse im Automobilpavillon vervollständigen und das Automobilverkaufswesen der ganzen Welt auf einmal überblicken. Ich werd das Geschäftliche mit dem Nützlichen verbinden, sagte er sich.

In dem amtlichen Reisebüro hingen viele Plakate mit Palmen und Eisbergen, und man hatte das Gefühl, als wär man schon nicht mehr in der Schellingstraße.

Fast jeder Beamte schien mehrere Sprachen zu sprechen, und Kobler horchte andächtig. Er stand an dem Schalter »Ausland«.

Vor ihm standen bereits zwei vornehme Damen und ein alter Herr mit einem gepflegten Bart. Die Damen sprachen russisch, sie waren Emigrantinnen. Auch der Beamte war ein Emigrant. Die Damen nahmen ihn sehr in Anspruch; er mußte ihnen sagen, wo gegenwärtig die Sonne scheint, am Lido, in Cannes oder in Deauville. Sie würden zwar auch nach Dalmatien fahren, meinten die Damen, auf die Preise käm's ja nicht an, auch wenn es in Dalmatien billiger wäre.

Der alte Herr mit dem gepflegten Bart war ein ungarischer Abgeordneter. Er nannte sich Demokrat und las gerade in seiner ungarischen Zeitung, daß die Demokratie Schiffbruch erleide, und nickte beifällig.

Die eine Dame streifte Kobler mit dem Blick. Sie streifte ihn sehr schön, und Kobler ärgerte sich, daß er kein Emigrant sei, während sich der bärtige Demokrat über MacDonald ärgerte. Man sollte jeden Demokraten ausrotten, dachte er.

Endlich gingen die beiden Damen. Der Beamte schien sie sehr gut zu kennen, denn er küßte der einen die Hand. Sie kamen ja auch jede Woche und erkundigten sich nach allerhand Routen. Gefahren sind sie aber noch nirgends hin, denn sie kamen mit ihrem Geld grad nur aus. Sie holten sich also jede Woche bloß die Prospekte, und das genügte ihnen. Mit der, deren Hand der Beamte küßte, paddelte er manchmal am Wochenend.

»Ich möchte endlich nach Hajdúszoboszló mit Schlafwagen«, sagte der mit dem Bart ungeduldig und sah den Kobler kriegerisch an. Was hat er nur? dachte Kobler. – Ob das auch ein Demokrat ist? dachte der Demokrat.

»Nach Hajdúszoboszló kann ich Ihnen leider keine Karte geben«, sagte der Beamte. »Ich hab sie nur bis Budapest hier.« – »Skandal«, entrüstete sich der Bart. »Ich werde mich bei meinem guten Freunde, dem königlich ungarischen Handelsminister, beschweren!« – »Ich bin Beamter«, sagte der Beamte. »Ich tu meine Pflicht und kann nichts dafür. Welche Klasse wollen Sie?«

Der mit dem Bart sah ihn unsagbar wehmütig und gekränkt an. »Erster natürlich«, nickte er traurig. »Armes Ungarn!« fiel es ihm ohne jeden Zusammenhang ein. Da trat ihm Kobler zufällig auf das Hühnerauge.

»Was machen Sie da?!« brüllte der Bart. »Verzeihung«, sagte Kobler. »Also das ist sicher ein Demokrat!« zischte der Demokrat auf ungarisch.

»Bitte, gedulden Sie sich einige Augenblicke, ich muß erst nachfragen lassen, ob es noch Budapester Schlafwagenplätze gibt«, sagte der Beamte und wandte sich dann an Kobler: »Wohin?« – »Nach Barcelona«, antwortete dieser, als wär das in der Nachbarschaft. Der Bart horchte auf. Barcelona, überlegte er, war vor Primo de Rivera eine Zentrale der anarchistischen Bewegung. Er ist mir auf das Hühnerauge getreten, und dritter Klasse fährt er auch!

»Barcelona ist weit«, sagte der Beamte, und Kobler nickte; auch der Bart nickte unwillkürlich und ärgerte sich darüber. »Barcelona ist sehr weit«, sagte der Beamte. »Wie wollen Sie denn fahren? Über die Schweiz oder Italien? Sie fahren zur Weltausstellung? Dann passen Sie auf: Fahren Sie hin durch Italien und retour durch die Schweiz. Preis und Entfernung sind egal, ja. Sie fahren hin und her dreiundneunzig Stunden, D-Zug natürlich. Sie brauchen das Visum nach Frankreich und Spanien. Wird besorgt! Nach Österreich, Italien und Schweiz brauchen Sie kein Visum, wird besorgt! Wenn Sie hier abfahren, sind Sie an der deutschen Grenze um 10.32 und in Innsbruck um 13.05. Ich schreib's Ihnen auf. Ab Innsbruck 13.28. An Brennero 15.23. Ab Brennero 15.30. An Verona 20.50. Ab Verona 21.44. An Milano 0.13. Ab Milano 3.29. Ab Genova 7.04. An Ventimiglia 11.27. An Marseille 18.40. An spanische Grenze Portbou 5.16. An Barcelona 10.00. Ab Barcelona 11.00.«

Und so schrieb ihm der Beamte auch noch alle Ankunfts- und Abfahrtszeiten der Rückfahrt auf: Cerbéres, Tarascon, Lyon, Genf, Bern, Basel, und zwar hatte er diese Zahlen alle im Kopf. Also das ist ein Gedächtniskünstler, dachte Kobler. Ein Zirkus!

»Und das kostet dritter Klasse hin und her nur einhundertsiebenundzwanzig Mark vierundfünfzig Pfennig«, sagte der Zirkus.

Hin und her?! Kobler war begeistert.

»Nur? Nicht möglich!« staunte er.

»Doch«, beruhigte ihn rasch der Beamte. »Deutschland ist bekanntlich mit das teuerste europäische Land, weil es den Krieg verloren hat. Frankreich und Italien sind bedeutend billiger, weil sie eine Inflation haben. Nur Spanien und die Schweiz sind noch teurer als Deutschland.«

»Sie vergessen Rumpfungarn«, mischte sich der Bart plötzlich ins Gespräch. »Rumpfungarn ist auch billiger als Deutschland, obwohl es alles im Kriege verloren hat. Es ist zerstückelt worden, meine Herren! Serbien und Kroatien sind dagegen noch billiger als Rumpfungarn, weil

Amerika den Krieg gewonnen hat, obwohl militärisch wir den Krieg gewonnen haben!«

»Am Ende ist es anscheinend ganz wurscht, wer so einen Krieg gewinnt«, sagte Kobler. Der Bart blitzte ihn empört an. Ha, das ist ein Bolschewik! dachte er.

»Die Neutralen sind am besten dran, das sind heute die teuersten Länder«, schloß der Beamte die Debatte.

Kobler tat es aufrichtig leid, daß nicht auch Spanien und die Schweiz in den Weltkrieg verwickelt worden waren.

7

Am Abend bevor Kobler zur Weltausstellung fuhr, betrat er nochmals sein Stammlokal in der Schellingstraße, das war ein Café-Restaurant und nannte sich »Schellingsalon«. Er betrat es, um zu imponieren, und bestellte sich einen Schweinsbraten mit gemischtem Salat. »Sonst noch was?« fragte die Kellnerin. »Ich fahr nach Barcelona«, sagte er. »Geh, wer werd denn so blöd sein!« meinte sie und ließ ihn sitzen.

Da ging der Herr Kastner an seinem Tisch vorbei. »Ich fahr nach Barcelona!« rief ihm der Kobler zu, aber der Herr Kastner war schon längst vorbei.

Auch der Herr Dünzl ging an ihm vorbei. »Sie fahren nach Barcelona?« fragte der Dünzl bissig. »In diesen ernsten Zeiten, junger Mann ...« – »Kusch!« unterbrach ihn Kobler verstimmt.

Auch der Graf Blanquez ging vorbei. »Ich fahr nach Barcelona«, sagte Kobler. »Seit wann denn?« erkundigte sich der Graf. »Seit heute.« – »Also dann steigst mir noch heut auf den Hut!« sagte der Graf.

Und auch der Herr Schaal ging vorbei. »Ich fahr nach Barcelona«, meinte Kobler. »Glückliche Reise!« sagte der brave Herr Schaal und setzte sich an einen andern Tisch.

Kobler war erschüttert, denn er wollte ja imponieren, und es ging unter keinen Umständen. Geduckt schlich er ins Klosett.

»Zu zehn oder fünfzehn?« fragte ihn die zuvorkommende alte Rosa. »Ich fahr nach Barcelona«, murmelte er. »Was fehlt Ihnen?!« entsetzte sich die gute Alte, aber Kobler schwieg beharrlich, und die Alte machte sich so ihre Gedanken. Als er dann wieder draußen war, schielte sie sorgenvoll durch den Türspalt, ob er sich auch ein Bier bestellt hätte. Ja, er hatte sich sogar bereits das zweite Glas Bier bestellt, so hastig hatte er das erste heruntergeschüttet, weil er niemandem imponieren konnte. Es ist schon alles wie verhext! sagte er sich.

Da kam sie, das Fräulein Anna Pollinger.

»Ich fahr nach Barcelona«, begrüßte er sie. »Wieso?« fragte sie und sah ihn erschrocken an. Er sonnte sich in ihrem Blick. »Dort ist doch jetzt eine internationale Weltausstellung«, lächelte er gemein, und das tat ihm sogar wohl, obzwar er sonst immer anständig zu ihr gewesen ist.

Er half ihr überaus aufmerksam aus dem Mantel und legte ihn ordentlich über einen Stuhl, dabei hatte er jedoch einen sehr höhnischen Gesichtsausdruck. Sie nahm neben ihm Platz und beschäftigte sich mit einem wackelnden Knöpfchen auf ihrem Ärmel. Das Knöpfchen war nur zur Zierde da. Sie riß es ab.

Dann erst sah sich Anna in dem Lokal um und nickte ganz in Gedanken dem Herrn Schaal zu, der sie gar nicht kannte. »Nach Barcelona«, sagte sie, »da tät ich schon auch gern hinfahren.« – »Und warum fährst du nicht?« protzte Kobler. »Frag doch nicht so dumm«, sagte sie. –

Kennt ihr das Märchen von Fräulein Pollinger? Vielleicht ist noch einer unter euch, der es nicht kennt, und dann zahlt sich's ja schon aus, daß ihr's alle noch mal hört. Also:

Es war einmal ein Fräulein, das fiel bei den besseren Herren nirgends besonders auf, denn es verdiente monatlich nur hundertzehn Mark und hatte nur eine Durchschnittsfigur und ein Durchschnittsgesicht, nicht unangenehm, aber auch nicht hübsch, nur nett. Sie arbeitete im Kontor einer Kraftwagenvermietung, doch konnte sie sich höchstens ein Fahrrad auf Abzahlung leisten. Hingegen durfte sie ab und zu auf einem Motorrad hinten mitfahren, aber dafür erwartete man auch meistens was von ihr. Sie war auch trotz allem sehr gutmütig und verschloß sich den Herren nicht. Sie ließ aber immer nur einen drüber, das hatte ihr das Leben bereits beigebracht. Oft liebte sie zwar gerade diesen einen nicht, aber es ruhte sie aus, wenn sie neben einem Herren sitzen konnte, im Schellingsalon oder anderswo. Sie wollte sich nicht sehnen, und wenn sie dies trotzdem tat, wurde ihr alles fad. Sie sprach sehr selten, sie hörte immer nur zu, was die Herren untereinander sprachen. Dann machte sie sich heimlich lustig, denn die Herren hatten ja auch nichts zu sagen. Mit ihr sprachen die Herren nur wenig, meistens nur dann, wenn sie gerade mal mußten. Oft wurde sie dann in den Anfangssätzen boshaft und tückisch, aber bald ließ sie sich wieder gehen. Es war ihr fast alles in ihrem Leben einerlei, denn das mußte es ja sein, sonst hätte sie's nicht ausgehalten. Nur wenn sie unpäßlich war, dachte sie intensiver an sich.

Einmal ging sie mit einem Herrn beinahe über ein Jahr, der hieß Fritz. Ende Oktober sagte sie: »Wenn ich ein Kind bekommen tät, das wär das größte Unglück.« Dann erschrak sie über ihre Worte. »Warum weinst du?« fragte Fritz. »Ich hab es nicht gern, wenn du weinst! Heuer fällt Allerheiligen auf einen Samstag, das gibt einen Doppelfeiertag, und wir machen eine Bergtour.« Und er setzte ihr auseinander, daß bekanntlich die Erschütterungen beim Abwärts steigen sehr gut dafür wären, daß sie kein Kind kriegt.

Sie stieg dann mit Fritz auf die westliche Wasserkarspitze, zweitausendsiebenunddreißig Meter hoch über dem fernen Meer. Als sie auf dem Gipfel standen, war es schon ganz Nacht, aber droben hingen die Sterne. Unten im Tal lag der Nebel und stieß langsam zu ihnen empor. Es war sehr still auf der Welt, und Anna sagte: »Der Nebel schaut aus, als würden da drinnen die ungeborenen Seelen herumfliegen.« Aber Fritz ging auf diese Tonart nicht ein.

Seit dieser Bergtour hatte sie oft eine kränkliche Farbe. Sie wurde auch nie wieder ganz gesund, und ab und zu tat ihr's im Unterleib schon ganz verrückt weh. Aber sie trug das keinem Herrn nach, sie war eben eine starke Natur. Es gibt so Leut, die man nicht umbringen kann. Wenn sie nicht gestorben ist, so lebt sie heute noch. –

Mitte September saß sie also neben Kobler im Schellingsalon und bestellte sich lediglich ein kleines dunkles Bier. Ihr Abendbrot, zwei Buttersemmeln, hatte sie bereits in der Kraftwagenvermietung zu sich genommen, denn sie hatte dort an diesem Tag ausnahmsweise bis abends neun Uhr zu tun. Sie mußte dies durchschnittlich viermal wöchentlich ausnahmsweise tun. Für diese Überstunden bekam sie natürlich nichts bezahlt, denn sie hatte ja das Recht, jeden Ersten zu kündigen, wenn sie arbeitslos werden wollte.

»Gib mir was von deinem Kartoffelsalat«, sagte sie plötzlich, denn plötzlich mußte sie noch etwas verzehren. »Bitte«, meinte Kobler, und es war ihm unvermittelt, als müßte er sich eigentlich schämen, daß er nach Barcelona fährt.

»Es wird sehr anstrengend werden«, sagte er.

»Dann wird es also heut nacht nichts«, sagte sie.

»Nein«, sagte er.

8

Der D-Zug, der den Kobler bis über die deutsche Grenze bringen sollte, fuhr pünktlich ab, denn der Herr mit der roten Dienstmütze hob pünktlich den Befehlsstab. »Das ist die deutsche Pünktlichkeit!« hörte er jemanden sagen mit hannoverschem Akzent.

Da stand auf dem Bahnsteig unter anderen eine junge Kaufmannsgattin und winkte begeistert ihrem Gatten im vorderen Wagen nach, der in die Fremde fuhr, um dort einen anderen Kaufmann zu übervorteilen.

Kobler drängte sich dazwischen. Er beugte sich aus dem Fenster und nickte der jungen Frau gnädig zu. Die verzog aber das Gesicht und machte eine wegwerfende Handbewegung. Jetzt ärgert sie sich, freute sich Kobler und mußte an das Fräulein Pollinger denken. Auch Anna wird sich jetzt ärgern, dachte er weiter, es ist nämlich grad acht, und da beginnt ihr Büro. Ich würd mich auch ärgern, wenn jetzt mein Büro beginnen tät, es geht doch nichts über die Selbständigkeit. Was wär das für ein Unglück, wenn alle Leut Angestellte wären, wie sich das der Marxismus ausmalt – als Angestellter hätte ich mich doch niemals so angestrengt, den Portschinger zu betrügen. Wenn das Kabriolett Staatseigentum gewesen wär, hätt ich's halt einfach einschmelzen lassen, wie sich's eigentlich gehört hätt. Aber durch diese drohende Sozialisierung würden halt viele Werte brachliegen, die sich noch verwerten ließen. Das wär nicht anders, weil halt die persönliche Initiative zerstört wär. Er setzte sich schadenfroh auf seinen Fensterplatz und fuhr stolz durch die tristen Vorortbahnhöfe, an den Vorortreisenden vorbei, die ohne jede Bewegung auf die Vorortzüge warteten. Dann hörte die Stadt allmählich auf. Die Landschaft wurde immer langweiliger, und Kobler betrachtete gelangweilt sein Gegenüber, einen Herrn mit einem energischen Zug, der sehr in seine Zeitung vertieft war. In der Zeitung stand unter der Überschrift »Nun erst recht!«, daß ein Deutscher, der sagt, er sei stolz, daß er ein Deutscher sei, denn wenn er nicht stolz wäre, würde er ja trotzdem auch nur ein Deutscher sein, also sei er natürlich stolz, daß er ein Deutscher wäre – »Ein solcher Deutscher«, stand in der Zeitung, »ist kein Deutscher, sondern ein Asphaltdeutscher.«

Auch Kobler hatte sich mit Reiselektüre versorgt, nämlich mit einem Magazin. Da schulterten im Schatten fotomontierter Wolkenkratzer ein Dutzend Mädchen ihre Beine, als wären's Gewehre, und darunter stand: Der Zauber des Militarismus, und daß es eigentlich also gespenstisch wirke, daß Girls auch Köpfe hätten. Und dann sah Kobler auch noch ein ganzes Rudel weiblicher Schönheiten – die eine stand auf einer dressierten Riesenschildkröte und lächelte sinnlich. Sonst hatte er keine Lektüre bei sich.

Nur noch einige Wörterbücher, ganz winzig bedruckte mit je zwölftausend Wörtern. Deutsch-Italienisch, Français-Allemand, Deutsch-

Französisch, Español-Aleman usw. Auch eine Broschüre hatte er sich zugelegt mit Redensarten für den Reisegebrauch in Spanien (mit genauer Angabe der Aussprache), herausgegeben von einem Studienrat in Erfurt, dessen Tochter immer noch hoffte, von einem reichen Deutschargentinier geheiratet zu werden, der ihr dies in der Inflation mal versprochen hatte. Nun beklagte der Studienrat in der Einleitung, es sei tief betrüblich, daß man in deutschen Landen so wenig Spanisch lerne, wo doch die spanische Welt arm an Industrie sei, während sie uns Deutschen die mannigfachsten Naturprodukte liefere. Diese Tatsachen würden von der jungen Handelswelt noch lange nicht genügend gewürdigt. Und dann zählte der Studienrat die Länder auf, in denen Spanisch gesprochen wird: zum Beispiel in Spanien und in Lateinamerika, ohne Brasilien.

Kobler las: Ich bin hungrig, durstig. Tengo hambre, sed. Aussprache: tengo ambrre, ßed. Wie heißt das auf spanisch? Cómo se llama eso en castellano? Aussprache: komo ße ljama ehßo en kasteljano? Wollen Sie freundlichst langsamer sprechen? Tenga ustéh la bondád de ablárr máss despászio? Wiederholen Sie bitte das Wort. Sie müssen etwas lauter sprechen. Er führt eine stolze Sprache, aber er drückt sich gut aus. Kofferträger, besorgen Sie mir mein Gepäck. Ich habe einen großen Koffer, einen Handkoffer, ein Plaid und ein Bund Stöcke und Regenschirme. Ist das dort der richtige Zug nach Figueras? Geben Sie mir trockene Bettwäsche. Bitte Zwiebeln. Jetzt ist sie richtig. Seit längerer Zeit entbehren wir Ihre Aufträge. Was bin ich schuldig? Sehr wohl, mein Herr, ich bleibe alles schuldig. Was haben Sie? Nichts. Wollen Sie zahlen? Nein. Sie wollen nicht zahlen? Nein. Es scheint, daß Sie mich verstanden haben. Auf Wiedersehen also! Grüßen Sie Ihre Frau Gemahlin (Ihren Herrn Gemahl)! Tausend Dank! Glückliche Reise! Gott schütze Sie!

»Was lesens denn da?« hörte er plötzlich seinen Nachbar fragen, der dem Herrn Portschinger ähnlich sah. Er hatte bereits seit einiger Zeit mißtrauisch in das Werk des Erfurter Studienrats geschielt. Er hieß Thimoteus Bschorr. »Ich fahr nach Barcelona«, erwiderte Kobler lakonisch und wartete gespannt auf den Erfolg dieser Worte. Sein Gegenüber mit dem energischen Zug hob ruckartig den Kopf, starrte ihn haßerfüllt an und las dann zum zwanzigstenmal die Definition des Asphaltdeutschen. In der Ecke saß noch ein dritter Herr, aber auf den schienen Koblers Reisepläne gar keinen Eindruck zu machen. Er lächelte nur müde, als wäre er bereits einigemal um die Erde gefahren. Der Kragen war ihm zu weit.

»Alsdann fahrens nach Italien«, konstatierte der Herr Bschorr phlegmatisch.

»Barcelona liegt bekanntlich in Spanien«, meinte Kobler überlegen.

»Des is gar net so bekanntlich!« ereiferte sich der Bschorr. »Bekanntlich hätt i gschworn, daß des Barcelona bekanntlich in Italien liegt!«

»Ich fahr durch Italien nur lediglich durch«, sagte Kobler und strengte sich an, genau nach der Schrift zu sprechen, um den Thimoteus Bschorr zu reizen. Aber der ließ sich nicht. »Da werdens lang brauchen nach Barcelona hinter«, meinte er stumpf. »Sehr lang. Da beneid ich Sie scho gar net. Überhaupts muß Spanien recht drecket sein. Und eine heiße Zone. Was machens denn in Madrid?«

»Madrid werde ich links liegenlassen«, erklärte Kobler. »Ich möcht nur mal lediglich das Ausland sehen.«

Bei diesen Worten zuckte sein Gegenüber wieder furchtbar zusammen und mischte sich ins Gespräch, klar, kurz und bündig: »Ein Deutscher sollte sein ehrlich erworbenes Geld in diesen wirtschaftlich depressiven Zeiten unter keinen Umständen ins Ausland tragen!« Dabei fixierte er Kobler strafend, denn er hatte ein Hotel in Partenkirchen, das immer leer stand, weil es wegen seiner verrückt hohen Preise allgemein gemieden wurde.

»Aber Spanien war ja im Krieg neutral«, kam der dritte Herr in der Ecke Kobler zu Hilfe. Er lächelte noch immer.

»Egal!« schnarrte der Hotelier.

»Spanien ist uns sogar sehr freundlich gesinnt«, ließ der in der Ecke nicht locker.

»Uns is überhaupt niemand freundlich gesinnt!« entgegnete ihm erregt der Thimoteus. »Es wär ja ein Wunder, wenn uns jemand freundlich gesinnt wäre!! Oder wär's ka Wunder, Leutl?!«

Der Hotelier nickte: »Ich wiederhole: Ein Deutscher soll sein ehrlich erworbenes Geld in der Heimat lassen!« Kobler wurde allmählich wütend. Was geht dich dem Portschinger sein Kabriolett an, du Hund! dachte er und wies den Hotelier in seine Schranken zurück: »Sie irren sich! Wir jungen deutschen Handelsleute müßten noch bedeutend innigere Beziehungen mit dem uns wohlgesinnten Ausland anknüpfen. Zu guter Letzt müssen wir dabei natürlich die nationale Ehre hochhalten.«

»Das mit dem Hochhalten der Ehre sind Redensarten!« unterbrach ihn der Hotelier unwirsch. »Wir Deutsche sind eben einfach nicht fähig, kommerzielle Beziehungen zum Ausland ehrenvoll anzuknüpfen!«

»Aber die Völker!« meinte der dritte und lächelte plötzlich nicht mehr. »Die Völker sind doch aufeinander angewiesen, genau wie Preußen auf Bayern und Bayern auf Preußen.«

»Sie, wanns mir Bayern schlechtmachen!« brüllte der Thimoteus. »Wer is angwiesen? Was is angwiesen? Die Schnapspreißn solln halt nach der Schweiz fahren! Zu was brauchn denn mir an Fremdenverkehr, bei mir kauft ka Fremder was, i hab a Ziegelei und war früher Metzger!«

»Oho!« fuhr der Hotelier auf. »Oho, Herr! Ohne Fremdenverkehr dürfte die bayerische Eigenstaatlichkeit beim Teufel sein! Wir brauchen die norddeutschen Kurgäste, wir bräuchten auch die ausländischen Kurgäste, besonders die angelsächsischen Kurgäste, aber bei uns fehlt es leider noch häufig an der entgegenkommenden Behandlung des ausländischen Fremdenstromes, wir müßten uns noch viel stärker der ausländischen Psyche anpassen. Jedoch natürlich, wenn der Herr Reichsfinanzminister erklärt …«

Nun aber tobte der Thimoteus.

»Des san do kane Minister, des san do lauter Preißen!« tobte er. »Lauter Lumpn sans! Wer geht denn z'grund? Der Mittelstand! Und wer kriegt des ganz Geld vom Mittelstand? Der Arbater! Der Arbater raucht schon Sechspfennigzigaretten … Meine Herren! I sag bloß allweil: Berlin!«

»Bravo!« sagte der Hotelier und memorierte den Satz vom Asphaltdeutschen.

Der Herr in der Ecke erhob sich und verließ rasch das Abteil. Er stellte sich an das Fenster und sah traurig hinauf auf das schöne bayerische Land. Es tat ihm aufrichtig leid um dieses Land.

»Der is draußn, den hab i nausbissn«, stellte der Thimoteus befriedigt fest. »Ich verfolge mit Aufmerksamkeit die Heimstättenbewegung«, antwortete der Hotelier. Ihr Quadratidioten! dachte Kobler und wandte sich seinem Fenster zu.

Auf den Feldern wurde gearbeitet, auf den Weiden stand das Vieh, am Waldrand das Reh, und nur die apostolischen Doppelkreuze der Überlandleitungen erinnerten an das zwanzigste Jahrhundert. Der Himmel war blau, die Wolken weiß und bayerisch barock.

So näherte sich der D-Zug der südlichen Grenze der deutschen Republik. Zuerst ist er an großen Seen vorbeigerollt, da sind die Berge am Horizont noch klein gewesen. Aber jetzt wurden die Berge immer größer, die Seen immer kleiner und der Horizont immer enger. Und dann hörten die Seen ganz auf, und ringsherum gab's nur mehr Berge. Das war das Werdenfelser Land.

In Partenkirchen stieg der Hotelier aus und würdigte Kobler keines Blickes. Auch der Herr Bschorr stieg aus und stolperte dabei über ein vierjähriges Kind. »Eha!« meinte er, und das Kind brüllte fürchterlich, denn der Herr Bschorr hätt es fast zertreten.

Dann fuhr der D-Zug wieder weiter.

Richtung Mittenwald.

Der Herr, der in der Ecke gesessen hatte, betrat nun wieder das Abteil, weil Kobler allein war. Er setzte sich ihm gegenüber und sagte: »Dort sehen Sie die Zugspitze!«

Bekanntlich ist die Zugspitze Deutschlands höchster Berg, aber ein Drittel der Zugspitze gehört halt leider zu Österreich. Also bauten die Österreicher vor einigen Jahren eine Schwebebahn auf die Zugspitze, obwohl dies die Bayern schon seit zwanzig Jahren tun wollten. Natürlich ärgerte das die Bayern sehr, und infolgedessen brachten sie es endlich fertig, eine zweite Zugspitzbahn zu bauen, und zwar eine rein bayerische, keine luftige Schwebebahn, sondern eine solide Zahnradbahn. Beide Zugspitzbahnen sind unstreitbar grandiose Spitzenleistungen moderner Bergbahnbautechnik, und es sind dabei bis Mitte September 1929 schon rund vier Dutzend Arbeiter tödlich verunglückt. Jedoch bis zur Inbetriebnahme der bayerischen Zugspitzbahn werden natürlich leider noch zahlreiche Arbeiter daran glauben müssen, versicherte die Betriebsleitung.

»Ich hab dies mal einer Dame erzählt«, sagte der Herr zu Kobler, »aber die Dame sagte, das wären bloß Erfindungen der Herren Arbeiter, um einen höheren Tarif zu erpressen.« Dabei lächelte der Herr so sonderbar, daß sich der Kobler schon gar nicht mit ihm auskannte.

»Diese Dame«, fuhr der Herr fort, »ist die Tochter eines Düsseldorfer Aufsichtsrates und hat schon 1913 nach Kuba geheiratet, sie hat also den Weltkrieg in Kuba mitgemacht.« Und wieder lächelte der Herr so sonderbar, und Kobler verwirrte dies fast. »In Kuba wird der Krieg angenehmer gewesen sein«, sagte er, und das gefiel dem Herrn. »Sie werden jetzt ein schönes Stückchen Welt sehen«, nickte er ihm freundlich zu. Stückchen ist gut, dachte Kobler gekränkt und fragte: »Sind Sie auch Kaufmann?« – »Nein!« sagte der Herr sehr knapp, als wollte er kein Wort mehr mit ihm sprechen. Was kann der nur sein? überlegte Kobler.

»Ich war früher Lehrer«, sagte der Herr plötzlich. »Ich weiß nicht, ob Sie die Weimarer Verfassung kennen, aber wenn Sie Ihre politische Überzeugung mit dem Einsatz Ihrer ganzen Persönlichkeit, mit jeder Faser Ihres Seins vertreten, dann nützen Ihnen auch Ihre verfassungsmäßig verankerten Freiheitsrechte einen großen Dreck. Ich zum Beispiel hab eine Protestantin geheiratet und hab nun meine Stelle verloren, das verdanke ich dem bayerischen Konkordat. Jetzt vertrete ich eine Zahnpasta, die niemand kauft, weil sie miserabel ist. Meine Familie muß bei meinen Schwiegereltern in Mittenwald wohnen, und die Alte wirft den Kindern jeden Bissen vor. – Dort sehen Sie Mittenwald! Es liegt lieblich, nicht?«

9

Mittenwald ist deutsch-österreichische Grenzstation mit Paß- und Zollkontrolle.

Das war die erste Grenze, die Kobler in seinem Leben überschritt, und dieser Grenzübertritt mit seinen behördlichen Zeremonien berührte ihn seltsam feierlich. Mit fast scheuer Bewunderung betrachtete er die Gendarmen, die sich auf dem Bahnsteig langweilten.

Bereits vor Mittenwald hielt er seinen Paß erwartungsvoll in der Hand, und nun lag auch sein Koffer weitaufgerissen auf der Bank. »Bitte nicht schießen, denn ich bin brav«, sollte das heißen.

Er zuckte direkt zusammen, als der österreichische Finanzer im Wagen erschien. »Hat wer was zu verzollen?« rief der Finanzer ahnungslos. »Hier«, rief der Kobler und wies auf seinen braven Koffer. Aber der Finanzer sah gar nicht hin. »Hat wer was zu verzollen?!« brüllte er entsetzt und raste überstürzt aus dem Wagen, denn er hatte Angst, daß ausnahmsweise jemand wirklich was zu verzollen hätte, nämlich dann hätte er ausnahmsweise wirklich was zu tun gehabt. Allerdings bei der Paßkontrolle ging es schon schärfer zu, denn dies war das bessere Geschäft. Es saß ja in jedem Zug meist eine Person, deren Paß gerade abgelaufen war, und der konnte man dann einen Grenzschein für einige Mark respektive Schilling verkaufen. Eine solche Person sagte mal dem Paßbeamten: »Erlauben Sie, ich bin aber schon sehr für den Anschluß!« Jedoch der Paßbeamte verbat sich energisch jede Beamtenbeleidigung. –

Langsam verließ der D-Zug die deutsche Republik. Er fuhr an zwei Schildern vorbei:

Königreich Bayern
Rechts fahren!

Bundesstaat Österreich
Links fahren!

»Fahren wir jetzt auch links?« fragte Kobler den österreichischen Schaffner. »Wir sind eingleisig«, gähnte der Schaffner, und Kobler mußte direkt an Großdeutschland denken.

Nun ging's durch die nördlichen Kalkalpen, und zwar entlang der alten Römerstraße zwischen Wetterstein und Karwendel. Der D-Zug mußte auf 1160 Meter empor, um das rund 600 Meter tiefer gelegene Inntal erreichen zu können. Es war dies für D-Züge eine komplizierte Landschaft.

Das Karwendel ist ein mächtiger Gebirgsstock, und seine herrlichen Hochtäler zählen unstreitbar zu den ödesten Gebieten der Alpen. Von brüchigen Graten ziehen grandiose Geröllhalden meist bis auf die Talsohle hinab und treffen sich dort mit dem Schutt von der anderen Seite. Dabei gibt's fast nirgends Wasser und also kaum was Lebendiges. 1928 wurde es zum Naturschutzgebiet erklärt, damit es in seiner Ursprünglichkeit erhalten bleibt.

So rollte der D-Zug an fürchterlichen Abgründen entlang, durch viele Tunnels und über kühn konstruierte Viadukte. Jetzt erblickte Kobler eine schmutzige Dunstwolke über dem Inntal. Unter dieser Dunstwolke lag Innsbruck, die Hauptstadt des heiligen Landes Tirol.

Kobler wußte nichts weiter von ihr, als daß sie ein berühmtes goldenes Dachl hat, einen preiswerten Tiroler Wein und daß der Reisende, der von Westen ankommt, zur linken Hand einige große Bordelle sehen kann. Das hatte ihm mal der Graf Blanquez erläutert.

In Innsbruck mußte er umsteigen, und zwar in den Schnellzug nach Bologna. Dieser Schnellzug kam aus Kufstein und hatte Verspätung. Die Österreicher sind halt sehr gemütliche Leut, dachte Kobler. Endlich kam der Schnellzug.

Bis Steinach am Brenner, also fast bis zur neuen italienischen Grenze, also kaum fünfzig Minuten lang, saßen in Koblers Abteil ein altösterreichischer Hofrat und ein sogenannter Mann aus dem Volke, der dem Hofrat sehr schöntat, weil er von ihm eine Protektion haben wollte. Dieser Mann war ein charakterloser Werkmeister, der der Heimwehr, einer österreichischen Abart des italienischen Faschismus, beigetreten war, um seine Arbeitskollegen gründlicher übervorteilen zu können. Nämlich sein leitender Ingenieur war Gauleiter der Heimwehr.

Der Hofrat hatte einen altmodischen goldenen Zwicker und ein hinterlistiges Geschau. Sein Äußeres war sehr gepflegt – er schien überhaupt ein sehr eitler Mensch zu sein, denn er schwätzte in einer Tour, nur um den Beifall des Mannes hören zu können.

Der Schnellzug wandte sich ab von Innsbruck, und schon fuhr er durch den Berg-Isel-Tunnel.

»Jetzt ist es finster«, sagte der Hofrat. »Sehr finster«, sagte der Mann. »Es ist so finster geworden, weil wir durch den Tunnel fahren«, sagte der Hofrat. »Vielleicht wird's noch finsterer«, sagte der Mann. »Kruzitürken, ist das aber finster!« rief der Hofrat. »Kruzitürken!« rief der Mann.

Die Österreicher sind sehr gemütliche Leute.

»Hoffentlich erlaubt's mir unser Herrgott noch, daß ich's erleb, wie alle Sozis aufghängt werden«, sagte der Hofrat. »Verlassen Sie sich auf den dort oben«, sagte der Mann. »Über uns ist jetzt der Berg Isel«, sagte der Hofrat. »Andreas Hofer«, sagte der Mann und fügte hinzu: »Die Juden werden zu frech.«

Der Hofrat klapperte mit dem Gebiß.

»Den Halsmann sollns nur tüchtig einsperren bei Wasser und Brot!« krähte er. »Ob nämlich der Judenbengel seinen Judentate erschlagen hat oder nicht, das ist wurscht! Da geht's um das Prestige der österreichischen Justiz, man kann sich doch nicht alles von den Juden gefallen lassen!«

»Neulich haben wir einen Juden ghaut«, sagte der Mann.

»A geh, wirklich?« freute sich der Hofrat. »Der Jud war allein«, sagte der Mann, »und wir waren zehn, da hat's aber Watschen gehagelt! Heimwehrwatschen!«

Der Hofrat kicherte.

»Ja, die Heimwehr!« sagte er. »Heil!« rief der Mann. »Und Sieg!« sagte der Hofrat. »Und Tod!« rief der Mann. –

Als der Schnellzug den Berg-Isel-Tunnel verließ, trat Kobler auf den Korridor, denn er konnte es drinnen nicht mehr aushalten, weil ihn das ewige Geschwätz im Denken störte.

Und er mußte mal nachdenken – das war so ein Bedürfnis, als hätte er dringend austreten müssen. Es war ihm nämlich plötzlich die Ägypterin, sein eigentliches Reiseziel, eingefallen, und er ist darüber erschrocken, daß er nun einige Stunden lang nicht an die Pyramiden gedacht hatte.

Aber als er nun an dem Fenster stand, wurde er halt wieder abgelenkt, und zwar diesmal durch Gottes herrliche Bergwelt, wie der Kitsch die seinerzeit geborstene Erdkruste nennt. Was ist der Mensch neben einem Berg? fiele es ihm plötzlich ein, und dieser Gedanke ergriff ihn sehr. Ein großes Nichts ist der Mensch neben einem Berg. Also ständig möcht ich nicht in den Bergen wohnen. Dann wohne ich schon lieber im Flachland. Höchstens noch im Hügelland.

10

Seit dem Frieden von Saint-Germain zieht die österreichisch-italienische Grenze über die Paßhöhe des Brenners zwischen Nord- und Südtirol. Die Italiener haben nämlich ihre Brüder in Trento von dem habsburgischen Joche erlöst, und so was kann man als anständiger Mensch nur lebhaft begrüßen.

Die Italiener waren ja nicht in den Weltkrieg gezogen, um fremde Völker zu unterjochen, sie wollten keine Annexionen, ebensowenig wie Graf Berchtold, Exkaiser Wilhelm II. und Ludendorff. Aber aus militärisch-strategischen Gründen waren die Italiener eben leider gezwungen, das ganze deutsche Südtirol zu annektieren, genau wie etwa Ludendorff gezwungen gewesen wäre, aus rein strategischen Gründen Polen, Finnland, Kurland, Estland, Litauen, Belgien usw. zu annektieren. »Der Friede von Saint-Germain ist ein glattes Verbrechen«, hatte mal ein Innsbrucker Universitätsprofessor gesagt, und er hätte schon sehr recht gehabt, wenn er kein Chauvinist gewesen wäre. –

Bekanntlich will nun der Mussolini das deutsche Südtirol durch und durch italianisieren. Genauso rücksichtslos, wie seinerzeit Preußen das polnische Posen germanisieren wollte.

So hat der Mussolini u. a. auch verfügt, daß möglichst alle deutschen Namen – Ortsnamen, Familiennamen usw. ins Italienische übersetzt werden müssen, auf daß sie nur italienisch ausgesprochen werden dürften. Und zwar sollen sie ihrem Sinn nach übersetzt werden. Hat nun aber ein Name keinen übersetzbaren Sinn, so hängt der Mussolini hinten einfach ein o an. Wie zum Beispiel: Merano. So auch Brennero.

Als Kobler den Brennero erblickte, fiel es ihm sogleich auf, daß dort oben ungemein viel gebaut wird, und zwar lauter Kasernen.

Im Bahnhof Brennero wurde der Schnellzug von den faschistischen Behörden bereits erwartet. Da standen ungefähr dreißig Männer, und fast jeder war anders uniformiert.

Da hatten welche Napoleonshüte und weite lange Mäntel oder kurze enge oder weite kurze oder enge lange. Einige trugen prächtige Hahnenfedern, die ihnen fast bis auf die Schultern herabwallten. Andere wieder trugen Adlerfedern oder Wildentenfedern, und wieder andere trugen gar keine Federn, höchstens Flaum. Die meisten waren feldgrau oder feldbraun, aber es waren auch welche da in Stahlblau und Grünlich mit Aufschlägen in Rot, Ocker, Silber, Gold und Lila. Viele hatten schwarze Hemden – das waren die bekannten Schwarzhemden.

Sie boten ein farbenfrohes Bild. Alle schienen sehr zu frieren, denn knapp hundert Meter über ihnen hing der herbstliche Nebel Nordtirols.

Keiner der Reisenden durfte den Schnellzug verlassen, denn hier ging's viel strenger zu als zwischen Bayern und Österreich in Mittenwald. Und dies nicht nur deshalb, weil die Italiener zur romanischen Rasse gehören, sondern weil sie obendrein noch den Mussolini haben, der in permanenter Wut ist, daß es bloß vierzig Millionen Italiener gibt.

Neunundzwanzig von den dreißig Uniformierten waren mit den Grenzübertrittsangelegenheiten schon sehr beschäftigt. Der dreißigste schien der Anführer zu sein, er tat nämlich nichts. Er stand auf dem Bahnsteig etwas im Hintergrunde, unter einer kolorierten Fotografie des Duce, und hatte sehr elegante Schuhe. Er war vielleicht 1,40 Meter hoch, und forschend glitt sein Blick über den Schnellzug. Er forschte nach, wo eine blonde Frau saß, eine Deutsche oder eine Skandinavierin.

»Prego den Paß!« sagte der italienische Paßbeamte. Er sprach gebrochen Deutsch, höflich, aber bestimmt. »Wohin fahren Sie, Signor Kobler?« fragte er. »Nach Barcelona«, sagte der Signor. »Sie fahren also nach Italien«, meinte der Paßbeamte. »Ja«, sagte der Signor. Und nun geschah etwas Mysteriöses. Der Paßbeamte wandte sich ernst seinem Begleiter zu, einem Paßunterbeamten, und sagte auf italienisch: »Er fährt nach Italien.« Der Paßunterbeamte nickte würdevoll: »Soso, nach Italien fährt er«, meinte er gedehnt und kam sich wichtiger vor als Mussolini persönlich, während sich der Oberpaßbeamte bereits mit dem nächsten Reisenden beschäftigte. »Sie fahren nach Italien?« fragte er. »Jawohl«, sagte der nächste Signor. Er hieß Albert Hausmann. »Und warum fahren Sie nach Italien?« fragte der Oberpaßbeamte. »Ich will mich in Italien erholen«, sagte der Signor Hausmann. »Sie werden sich in Italien erholen!« sagte der Oberpaßbeamte stolz. »Hoffentlich!« meinte der Erholungsbedürftige, worauf sich der Oberpaßbeamte wieder seinem Begleiter zuwandte: »Er will sich in Italien erholen«, sagte er. »Vielleicht auch nicht!« meinte der Paßunterbeamte lakonisch und blickte den Erholungsbedürftigen mißtrauisch an, denn er erinnerte ihn an einen gewissen Isidore Niederthaler in Brixen, dessen Weib als politisch verdächtig auf der faschistischen schwarzen Liste stand. Das Weib hat einen prächtigen Hintern, dachte der Paßunterbeamte.

Inzwischen hatte sich der Oberpaßbeamte bereits wieder an einen dritten Reisenden gewandt. Der hieß Franz Karl Zeisig. »Sie fahren nach Italien?« fragte der Oberpaßbeamte.

»Zu blöd!« murmelte Kobler. »Wir fahren doch alle nach Italien!« – »Unterschätzen Sie nicht Benito Mussolini«, flüsterte ihm der Erholungsbedürftige zu. »Mit dieser scheinbar ungereimten Fragerei verfolgen die Paßbeamten einen ganz bestimmten Zweck. Das sind alles besonders hervorragende Detektive von der politischen Polizei in Rom. Wissen Sie, was ein Kreuzverhör ist?«

Kobler blieb ihm die Antwort schuldig, denn plötzlich standen drei Faschisten vor ihm. »Haben Sie Zeitungen?« fragte der erste Faschist. »Österreichische, sozialistische, kommunistische, anarchistische, syndikalistische und nihilistische dürfen Sie nicht mit nach Italien nehmen, weil das strengstens verboten ist!« – »Ich bin kein Nihilist«, sagte Kobler, »ich hab bloß ein Magazin bei mir.«

Und dann durchwühlten noch einige italienische Finanzer seinen Koffer. »Was ist das?« fragte der eine und hielt ihm eine Krawatte unter die Nase. »Das ist eine Krawatte«, sagte Kobler. Der Finanzer nickte befriedigt, lächelte ihm freundlich zu und verschwand mit seinen Kollegen.

Endlich war's vorbei mit den Grenzübertrittsschwierigkeiten, und der Schnellzug setzte sich als »diretto« südwärts in Bewegung.

Hinab vom Brenner – durch das neue Italien.

11

Nun waren aber plötzlich alle Aufschriften italienisch. Kobler konnte sich kaum mehr vom Fenster trennen, so kindisch faszinierte ihn jede Aufschrift, obwohl oder weil er nicht wußte, was sie bedeuten sollte. »Albergo Luigi, Uscita, Tabacco, Olio sasso, Donne, Uomine«, las er. Das hat halt alles einen Klang, dachte er. Schad, daß ich nicht Koblero heiß!

Im ehemaligen Franzensfeste hatten sie etwas Aufenthalt. »Erlauben Sie, wo sind wir jetzt?« fragte ihn ein nervöser deutscher Italienreisender, der ihm nicht über die Schulter schauen konnte. »In Latrina«, antwortete Kobler. »Machen Sie da gefälligst keine schlechten Witze!« schrie der Nervöse.

Kobler war sehr verdutzt. Da hing ja direkt vor ihm das Schild:

Latrina

»Brüllen Sie nicht mit mir!« brüllte er den Nervösen an. »Bedaure, Herr«, kreischte der Nervöse und zappelte sehr. »Ich bin zu solchen Späßen keineswegs bereit!«

Jetzt kommt der feierliche Moment, wo ich dir eine schmier, dachte Kobler, aber hier mischte sich jener erholungsbedürftige Albert Hausmann überaus freundlich in die Auseinandersetzung, um den Streit im Keime zu ersticken, denn er war sehr ängstlich. »Irrtum, meine Herren!« meinte er. »Latrina bedeutet soviel wie Abort! Sie reden aneinander vorbei, meine Herren!«

Der Erholungsbedürftige sprach nämlich perfekt Italienisch und war überhaupt ein sehr intelligenter und belesener Mann, der besonders in der Weltgeschichte bewandert war. »Das alles war früher Südtirol«, sagte er.

Und dann gab er Kobler den Rat, sich nur ja vor den faschistischen Spitzeln zu hüten, die wären nämlich äußerst raffiniert und brutal. »Dort drüben am dritten Fenster zum Beispiel«, wisperte er geheimnisvoll und deutete verstohlen auf einen Mann, der wie ein Bauer aussah, »dort dieser Kerl ist sicher ein Spitzel. Der wollte mich nämlich gerade in ein verfängliches Gespräch verwickeln, er wird auch Sie verwickeln wollen, er trachtet ja nur danach, jeden zu verwickeln – und bei der ersten abfälligen Äußerung über Mussolini, Nobile oder überhaupt das System werden Sie sofort aus dem Zuge heraus verhaftet. Geben Sie acht!«

Kobler gab acht.

Knapp vor Bolzano näherte sich ihm der Spitzel.

»Bolzano hieß früher Bozen«, sagte der Spitzel.

Aha! dachte Kobler.

»In Bozen bauen jetzt die Italiener ein riesiges Elektrizitätswerk«, sagte der Spitzel.

Nur zu! dachte Kobler.

»Die Italiener«, fuhr der Spitzel fort, »haben die Wassermengen von ganz weit weg nach Bozen geleitet. Sie haben durch diese ganze Bergkette da draußen einen Schacht gebohrt, und zwar haben sie dort droben unterhalb der Kuppe angefangen zu bohren, und in Bozen haben sie auch angefangen zu bohren und haben sich so zusammenbohren wollen, aber sie haben gleich dreimal aneinander vorbeigebohrt, anstatt daß sie sich zusammengebohrt hätten. Sie mußten sich erst reichsdeutsche Ingenieure engagieren«, grinste der Spitzel.

»Die Reichsdeutschen werden sich schon auch nicht zusammengebohrt haben«, meinte Kobler.

»Doch, und zwar haargenau!« ereiferte sich der Spitzel.

»Zufall«, meinte Kobler.

Pause.

»Kennen Sie Bozen?« fragte der Spitzel.

»Nein«, sagte Kobler.

»Dann schauen Sie sich doch Bozen an!« rief der Spitzel. »Die Bozener sind ja ganz weg über die reichsdeutschen Gäste!«

»Ich bin ein reichsdeutscher Faschist«, sagte Kobler.

Der Spitzel sah ihn erschrocken an. »Dort drüben ist jetzt der Rosengarten«, meinte er kleinlaut.

»Vielleicht!« sagte Kobler und ließ ihn stehen.

Der Spitzel sah ihm noch lange nach. Er war ja gar kein Spitzel.

12

Befriedigt darüber, daß er Mussolinis vermeintlichem Spitzel ein Schnippchen geschlagen hatte, betrat Kobler den Speisewagen. Jetzt hab ich mir meinen Kaffee verdient, sagte er sich und war so glücklich, als hätt er gerade einen Prozeß gewonnen, den er Rechtens hätte verlieren müssen.

Es war nur noch ein Platz frei im Speisewagen. »Prego?« fragte Kobler, und das war sein ganzes Italienisch. »Aber bitte!« sagte der Gast in deutscher Sprache. Das war ein kultivierter Herr aus Weimar, der Stadt Goethes und der Verfassung.

Überhaupt fiel es auf, daß trotz des italienischen Hoheitsgebietes im ganzen Zuge, außer von den Schaffnern und einigen Schwarzhemden, lediglich deutsch gesprochen wurde. Besonders im Speisewagen hörte man allerhand deutsche Dialekte.

Der kultivierte Herr an Koblers Tisch hatte ein schwammiges Äußeres und schien ungemein verfressen zu sein. Ein Gourmand. Als Sohn eines ehemaligen Pforzheimer Stadtbaumeisters, der in der wilhelminischen Epoche eine schwerreiche Weimarer Patriziertochter geheiratet hatte, konnte er sich seine drei Lachsbrötchen, vier Ölsardinen, zwei Paar Frankfurter und drei Eier im Glas ungeniert leisten. Von seinem Vater, dem Stadtbaumeister, hatte er die Einbildung geerbt, daß er einen regen Sinn für architektonische Linienführung besäße, und von der Mutter hatte er trotz der Inflation einen Haufen Geld geerbt und die gesammelten Werke der Klassiker. Er war sechsundvierzig Jahre alt.

»Ich bin ein Renaissancemensch«, erklärte er Kobler und sprach sehr gewählt. »Mein Ideal ist der Süditaliener, der sich Tag und Nacht am Meeresstrande sonnt, nie etwas tut und überaus genügsam ist. Sie können es mir glauben, auch unsere deutschen Arbeiter wären glücklicher, wenn sie genügsam wären. Herr Ober, bringen Sie mir noch ein Tartarbeefsteak!«

Dieser Renaissancemensch hatte natürlich noch nie etwas gearbeitet und litt infolgedessen an einer schier pathologischen Hypochondrie. Er hatte eben nichts zu tun, als sich vor dem Sterben zu fürchten. Und obendrein war er auch noch verwegen dumm.

So hatte er des öfteren behauptet, daß ihm das Schicksal des Deutschen Reiches ganz egal wäre, wenn nur die Dividenden steigen würden. »So was sagt man doch nicht!« hatte sich sein Vetter, ein scharf rechtsstehender Realpolitiker, entrüstet und hatte ihn unter Kuratel stellen lassen wollen, aber das ist ihm vorbeigelungen. »Er ist doch normal und denkt scharf logisch«, hatte der Gerichtsarzt gemeint.

»Also Sie fahren nach Barcelona«, sagte nun der total Normale zu Kobler und fügte scharf logisch hinzu: »Primo ist ein tüchtiger Mann. Ein Kavalier. Wenn Sie nach Barcelona kommen, so grüßen Sie mir, bitte, die Stierkämpfe, Sie werden da etwas prachtvoll Traditionelles erleben. Und dann überhaupt dieser ganze spanische konservative Geist! Es ist eben immer dasselbe. Ich hab schon immer gesagt: Das konservative Element müßte sich international zusammenschließen, um sich stärker konservieren zu können – wir deutschen Konservativen sollten die französischen Konservativen einfach in das Land hereinrufen, auf daß sie diese Republik züchtigen – Frankreich hat ja die militärische Macht, um jeden deutschen Arbeiter an die Wand stellen zu können –, und après sollten wir Kulis aus China einführen, die nicht mehr brauchen als täglich eine Handvoll Reis.« Und er fügte lachend hinzu: »Das ist natürlich nur ein Witz!«

13

In Verona mußte Kobler zum zweitenmal umsteigen, und zwar in den Schnellzug nach Mailand, der um diese Zeit von Venedig zu kommen pflegte. Hierzu standen ihm leider nur zehn Minuten zur Verfügung, und so konnte er also von Verona nichts sehen, nur den Bahnhof, und der sah andern Bahnhöfen leider sehr ähnlich. Es war auch inzwischen schon Nacht geworden, und zwar eine Neumondnacht.

Verona sei eine uralte Stadt, die irgendwie mit dem Dietrich von Bern zusammenhängt, hatte ihm der Renaissancemensch erzählt, und angeblich lägen in ihr auch noch obendrein Romeo und Julia, das berühmteste Liebespaar der Welt, begraben. Die veronesischen Bordelle seien zwar nicht berühmt, jedoch immerhin.

Auf dem Bahnsteig ging ein Herr in brauner Uniform auf und ab. Er hatte eine Armbinde auf dem rechten Oberarm, und auf der stand in vier Sprachen geschrieben, daß er ein amtlicher Dolmetscher sei und also kein Trinkgeld annehmen dürfe. Er war überaus zuvorkommend und gab Kobler fließend deutsch Auskunft. »Der diretto aus Venezia nach Milano«, sagte er, »kommt an auf dem dritten Bahnsteig und fährt ab auf dem dritten Bahnsteig, das ist dort drüben, wo jene lächerliche Frau steht.«

Diese lächerliche Frau war des Dolmetschers Frau, mit der er sich gerade wieder mal gezankt hatte. Nämlich sie hatte es noch nie haben wollen, daß er den Beruf eines amtlichen Dolmetschers ausübt und nächtelang mit allerhand Ausländerinnen auf dem Bahnhof herumlungert. Aber der Dolmetscher pflegte immer nur zu sagen: »Soviel Sprachen jemand spricht, sooft ist dieser Jemand ein Mensch!« Auch an diesem Abend hatte er ihr dies wieder mal gesagt, worauf sie aber ganz außer sich geraten ist. »Mit soviel Menschen will ich gar nichts zu tun haben!« hatte sie auf dem Korso geschrien. »Ich will ja bloß dich! Oh, wenn du nur taubstumm wärest, Giovanni! So, und jetzt fahr ich zu meinem Bruder nach Brescia!«

Dies war jenes Brescia, wo einst die Frau Perzl aus der Schellingstraße ein Drittel Windmühle geerbt hatte.

»In Italien soll man möglichst zweiter Klass fahren«, erinnerte sich Kobler an die Ratschläge der Perzl. »Besonders wenn man schlafen will, soll man es tun, weil die Reisenden in Italien, besonders die in der dritten Klass, meistens laut vor sich hin singen, als möcht man gar nicht schlafen wollen.«

Und Kobler wollte schlafen, denn er war plötzlich sehr müde geworden. Entweder ist das die Luftveränderung, dachte er, oder wahrscheinlich die vielen neuen Eindrück.

Vor seinem geistigen Auge tauchten sie wieder alle auf, mit denen er während der letzten zwölf Stunden in Berührung gekommen war. Aber diesmal hatte jeder nur eine Geste – trotzdem wollte es kaum ein Ende nehmen mit den Erscheinungen. Und als die Gestalt des Herrn Bschorr gar zum zweitenmal daherkommen wollte, stolperte Kobler über einen verlorenen Hammer.

Und dann gingen viele Berge, Viadukte und fremde Dörfer um ihn herum, und das Inntal blieb vor ihm stehen. Auch die italienische Sprache sah ihn an, aber etwas von oben herab.

Also wenn das so weitergeht, dachte er, dann werd ich meine Ägypterin noch ganz vergessen, an die ausländischen Kabrioletts denk ich ja überhaupt nicht mehr, ich hab mich ja schon fast selber vergessen, hoffentlich kann ich jetzt schlafen bis Milano, das ist der italienische

Name für Mailand – dort darf ich dann wieder herumhocken, bis ich den Anschluß nach Ventimiglia krieg. Das wird eine weite Reise werden. Und derweil ist unsere Welt eigentlich klein. Und wird auch noch immer kleiner. Immer wieder kleiner. Ich werd's ja nicht mehr erleben, daß sie ganz klein wird, so versuchte er sich zu sammeln. Dabei hatte er ein unangenehmes Gefühl. Es war ihm wie jenem Manne zumute, der am Donnerstag vergaß, was er am Mittwoch getan hatte.

»Erster Klass soll man halt reisen können!« seufzte er. »Mir tut von dem Holz schon der Hintern weh. Meiner Seel, ich glaub, ich bin wund!«

Infolgedessen stieg er nun in ein Abteil zweiter Klasse. In der Ecke saß bereits ein Herr hinter seinem Regenmantel und schien totenähnlich zu schlafen. Er hatte nur eine kleine Handtasche, hingegen märchenhaft viel Zeitungen. Die Ausgaben lagen nur so herum, sogar auf dem Boden und auch im Gepäcknetz. Er mußte beim Zeitungslesen eingeschlafen sein. –

Zwanzig Minuten hinter Verona, als Kobler gerade einschlafen wollte, wachte der Herr auf. Zuerst gähnte er recht unartikuliert, und dann sah er hinter seinem Mantel hervor, erblickte Kobler, starrte ihn erstaunt an, rieb sich die Augen, fixierte ihn etwas genauer und fragte gemütlich deutsch: »Wie kommen Sie hier herein?« Aber Kobler ärgerte sich, daß ihn der Herr nicht einschlafen ließ, und war also kurz angebunden. »Ich komm durch die Tür herein«, sagte er.

»Das vermut ich«, sagte der Herr. »Das vermut ich sogar sehr! Durch das Fenster werden Sie wohl nicht hereingeflogen sein. Hab ich denn so fest geschlafen? Ja, ich hab so fest geschlafen.«

Seltsam! dachte Kobler. Er hat mich gleich ausgesprochen deutsch angesprochen, ob das auch ein Spitzel ist? Mißtrauisch beobachtete er den Herrn. Dieser war bereits etwas angegraut und glatt rasiert. »Woher wissen Sie denn, daß ich Deutscher bin?« fragte er ihn plötzlich und gab sehr acht, daß er dabei harmlos aussah.

»Ich kenn das am Kopf«, meinte der Herr. »Ich kenn das sofort am Kopf. Die Deutschen haben nämlich alle dicke Köpfe, natürlich nur im wahren Sinne des Wortes. Ich bin ja selbst so halb Deutscher. Was bin ich nicht halb? Alles bin ich halb! So ist das Leben! Da sitzen wir uns gegenüber und fahren durch die Poebene. Ich komm aus Venedig, während Sie –?«

»Zuletzt komm ich aus Verona«, sagte Kobler.

»Verona hat eine herrliche Piazza«, meinte der Herr. »Die Piazza d'Erbe ist ein Mittelpunkt des Volkslebens. Und viel Militär liegt in Verona, es ist halt sehr befestigt. Es bildete ja mit den Befestigungen von Peschiera, Mantua und Legnago das viel genannte Festungsviereck. Gegen wen? Gegen Österreich-Ungarn. Und warum gegen Österreich-Ungarn? Weil es mit Italien verbündet war. Aber was war ein Bündnis im Zeitalter der Geheimdiplomatie? Die Rüstungsindustrie ließ sich versichern. Und was ist ein Bündnis heute? Oder glauben Sie, daß wir keine Geheimdiplomatie haben? Wir haben nur Geheimdiplomatie!«

Ist das aber ein Schwätzer! dachte Kobler grimmig.

»Es tut mir direkt wohl, ein bisserl plauschen zu können, weil ich jetzt fast drei Tag lang kaum etwas Gescheites geredet hab«, sagte der Schwätzer und lächelte freundlich.

Das auch noch! durchzuckte es Kobler, und er haßte den Herrn. Also in deiner Gesellschaft, du Mistvieh, dachte er weiter, werd ich ja kaum zum Schlafen kommen, eigentlich gehört dir eine aufs Maul. Aber ich weiß schon, was ich mach! Und er sagte: »Dürfte ich etwas in Ihren Zeitungen blättern?«

»Natürlich dürfen Sie!« rief der Herr. »Sie dürfen sogar sehr, ich kann eh keine Zeitung mehr sehen. Brauchen Sie nur die deutschen, oder wollen Sie auch die italienischen, französischen, tschechischen – meiner Seel! A polnische ist auch dabei! Wie kommt hier das rumänische Zeug her? Ich werd's mir wahrscheinlich gekauft haben. Schad fürs Geld, naus damit!«

Er öffnete das Fenster und warf alle seine nichtdeutschen Zeitungen in die brausende Finsternis hinaus.

Kaum hatte er jedoch das Fenster wieder geschlossen, erschien ein Angehöriger der faschistischen Miliz, ein sogenanntes Schwarzhemd. Das Schwarzhemd betrat feierlich das Abteil und sprach mit dem Herrn ruhig, aber unfreundlich. Der Herr machte abwehrende Gebärden und sprach perfekt italienisch. Hierauf zog sich das Schwarzhemd wieder zurück und war verstimmt.

»Was hat denn der Faschist von Ihnen wollen?« fragte Kobler. »Das frag ich mich auch«, rief der Herr und versuchte sich zu winden. Dann fuhr er fort: »Ich werd es Ihnen übersetzen, was er von mir gewollt hat. Er wollte wissen, ob ich zuvor meine Zeitungen hinausgeworfen hab, denn diese Zeitungen sind ihm weiter hinten durch ein offenes Fenster auf das Maul geflogen, und zwar mit Wucht. Ich hab ihm natürlich sofort gesagt, daß ich natürlich noch nie in meinem Leben Zeitungen hinausgeworfen hab. Mich kann man halt nicht überrumpeln. Glaubens mir, ich bin ein gewandter Reisender!«

»Was stinkt denn da so penetrant?« fragte Kobler.

»Das bin ich«, sagte der gewandte Reisende. »Es wird Sie wohl hoffentlich nicht stören, Herr! Wenn mich nicht alles täuscht, bin ich zwanzig Jahre älter als Sie. Sagen Sie, waren Sie eigentlich noch Soldat?«

»Ich fahr jetzt bis Milano«, antwortete Kobler ausweichend – er war nämlich kein Soldat gewesen, weil er sich während des Weltkriegs gerade in den Flegeljahren befunden hatte, und dieses Niemals-Soldat-Gewesensein störte ihn manchmal, wenn er mit älteren Herren zusammenkam, von denen er annahm, daß sie wahrscheinlich verwundet worden waren. »Ich fahr jetzt nach Milano«, wiederholte er sich hartnäckig, »und dann fahr ich weiter nach Marseille, weil ich nach Barcelona fahr.«

Nun aber geschah etwas Unerwartetes.

Der gewandte Reisende tat, als wollte er von seinem Sitz emporschnellen: er beugte sich steif vornüber und schrie: »Nach Barcelona fährt er!« Hierauf warf er sich zurück und atmete tief.

Also eine solche Wirkung haben meine Worte noch nie gehabt, dachte Kobler und glotzte sein Gegenüber befriedigt an. Eine starke Wirkung! dachte er.

»Ist das aber ein Zufall!« ließ sich der Herr wieder vernehmen und lächelte, als wäre er tatsächlich glücklich. Dann nickte er väterlich: »Ich fahr nämlich auch nach Barcelona«, und das verblüffte den Kobler. »Das ist natürlich ein Zufall«, grinste er sauer und kränkte sich wegen der Konkurrenz.

»Und ob das ein Zufall ist!« ereiferte sich die Konkurrenz. »Nur daß ich nicht in einer Tour nach Barcelona fahr, weil ich in Marseille auf zwei Tag aussteigen will, um Marseille kennenzulernen. Das ist nämlich eine überaus farbenprächtige und vor allem völkerkundlich sehr interessante Hafenstadt und bietet instruktive Einblicke.«

»Das hab ich schon gehört«, sagte Kobler. »Dieses Marseille muß ja eine grandiose Hurenstadt sein, und ich hab mir's auch schon überlegt, ob ich's mir nicht anschauen sollt, aber vielleicht rentiert es sich doch nicht, ich bin nämlich sehr mißtrauisch.«

»Da tun Sie aber Marseille bitter unrecht! Erlaubens, daß ich mich vorstell: Rudolf Schmitz aus Wien.«

Rudolf Schmitz war Redakteur, er vertrat in Wien u. a. ein Abendblatt in Prag, ein Morgenblatt in Klausenburg, ein Mittagblatt in Agram, ein Wochenblatt in Lemberg und in Budapest ein Revolverblatt.

Als geborener Österreich-Ungar aus Ujvidék hatte er ein kolossales Sprachtalent und beherrschte infolgedessen alle Sprachen der ehemaligen Doppelmonarchie, aber infolgedessen leider keine ganz perfekt. Trotzdem bildete er es sich in seinen Jünglingsjahren ein, daß er dichterisch was leisten könnte. Damals verfaßte er Gedichte, und zwar einen ganzen Zyklus. »Ein Vorsommer in der Hölle« hieß der Zyklus und war von der westlichen Dekadenz beeinflußt. Aber kein Verleger wollte was von dem Vorsommer wissen. »Hier habens zwa Gulden, und schleimens Ihnen aus!« sagte der eine Verleger. Und Schmitz tat dies, denn er war zu guter Letzt doch nur intelligent und ein gesunder Egoist. Hernach wurde er abgeklärter. »Auch Rimbaud hat sich ja von der Dichtkunst abgewandt, um ein gedichtetes Leben zu führen«, stellte er fest und wurde allmählich Korrespondent.

Soziologisch betrachtet, stammte er aus k. u k. Offiziers- und Beamtenfamilien, aber er hatte nie was übrig für das Bürgerliche. Er war der geborene Bohemien. Bereits 1905 ging er ohne Hut. Seine Schwäche war die Metaphysik. –

Nun fragte er Kobler: »Was ist der Zufall, lieber Herr? Niemand weiß, was der Zufall ist, und das ist es ja gerade. Der Zufall, das ist die Hand einer höheren Macht, im Zufall offenbart sich der liebe Gott. Gäb's keinen Zufall, hätten wir keinen lieben Gott! Nämlich das Durchdenken und Durchorganisieren, das sind menschliche Eigenschaften, aber das völlig Sinnlose des Zufalls ist göttlich.«

Er tat seine Beine auf den gegenüberliegenden Polstersitz, denn in dieser Stellung tat ihm das Philosophieren am wohlsten.

Da erschien aber sofort wieder jenes Schwarzhemd von zuvor und forderte ihn barsch auf, eine Zeitung unter seine Schuhe zu breiten. Jetzt grad nicht! dachte der Herr Schmitz verärgert, tat seine Beine herab und hörte auf zu philosophieren.

Das Schwarzhemd verließ das Abteil und war schon wieder etwas besserer Laune.

»Ein Pyrrhussieg«, murmelte Schmitz, und als man das Schwarzhemd nicht mehr sehen konnte, seufzte er: »Das ist denen ihre Revolution! Da fahren die Faschisten in jedem Zug so herum und geben acht, daß niemand Zeitungen nausschmeißt oder leichtsinnig die Aborte beschmutzt. So erziehen sie ihre Nation! Und wozu erziehen sie ihre Nation? Zum Krieg.«

»Gegen wen, glauben Sie?«

»Gegen jeden, lieber Herr!« stöhnte der Philosoph. »Ja, das ist halt hier ein pädagogischer Umsturz. Bekanntlich ist halt jede Revolution ein pädagogisches Problem, aber auch die Pädagogik ist ein revolutionäres Problem. Wie Sie sehen, ist das sehr kompliziert. Aber ist denn der Faschismus überhaupt eine Revolution? Aber keine Spur! Sacro egoismo und sonst nix!«

»Also ich persönlich halt nicht viel von den Revolutionen«, meinte Kobler. »Ich hätt zwar wirklich nichts dagegen, wenn es jedem besser ging, aber ich glaub halt, daß die revolutionären Führer keine Kaufleut sind, sie haben keinen kaufmännischen Verstand.«

»Das Zeitalter der Kaufleut«, nickte Schmitz. »Und glauben Sie nicht auch, daß wir Kaufleut noch lange nicht unsern Höhepunkt erreicht haben?« fragte Kobler hastig. Der Schlaf war ihm plötzlich vergangen.

»Wem erzählen Sie das?!« rief Schmitz und fuhr dozierend fort: »Hörens her: Erst wenn alle menschlichen Werte ehrlich und offen vom kaufmännischen Weltbild aus gewertet werden, dann werden die Kaufleut ihren Höhepunkt erreicht haben; aber dann wird's auch wieder abwärtsgehen mit die Kaufleut, und dann wird das Zeitalter einer anderen Gesellschaftsschicht heraufdämmern. Das ist die ewige Ellipse. Ein Kreis ist das nämlich nicht.«

»Ich seh keine Gesellschaftsschicht, die hinter uns Kaufleuten heraufdämmern könnt«, meinte Kobler düster.

»Das Proletariat.«

»Aber das geht doch nicht!«

»Warum soll das nicht gehen?« staunte Schmitz. »Wenn Sie seinerzeit dem Alexander dem Großen gesagt hätten, daß heut die Kaufleut regieren werden, hätt er Sie lebendig begraben lassen. Ich warne Sie vor der Rolle Alexanders des Großen.«

Hier wurde das Gespräch durch den Schaffner unterbrochen, der das Abteil betrat, um die Fahrkarten kontrollieren zu können. Kobler mußte nachzahlen, und auch Schmitz mußte nachzahlen, denn auch er hatte nur dritte Klasse.

Der Schaffner sprach gebrochen Deutsch, und während er das Geld wechselte, unterhielt er sich mit den beiden Herren. Er sagte, daß er Deutschland sehr schätze und achte, denn er kenne eine deutsche Familie, und das wären außerordentlich anständige und zuvorkommende Menschen. Zwar wären das eigentlich keine reinen Deutschen, sondern Deutsche aus Rußland, sogenannte Emigranten. Sie seien aus Rußland geflohen, weil sie wegen der bolschewistischen Verbrecher arbeiten hätten müssen, und das könnte man doch nicht, wenn man noch nie etwas gearbeitet hätte. Sie hätten also all ihr Hab und Gut zurücklassen müssen und seien nur mit dem, was sie am Leibe gehabt hätten, bei Nacht und Nebel geflohen. Sie hätten sich dann ein Hotel am Gardasee gekauft, ein wunderbares Hotel.

»Schon wieder ein Schwätzer!« brummte Kobler, während Schmitz den Schwätzer überaus wohlwollend betrachtete. »In Milano umsteigen!«

fuhr der Schwätzer zufrieden fort. »Neulich war Mussolini in Milano, da hat die Sonne geschienen, aber kaum war Mussolini wieder weg von Milano, hat es sofort geregnet. Sogar der Himmel ist für Mussolini«, grinste er und wünschte den beiden Herren eine glückliche Reise. Als er draußen war, entstand eine Pause.

»Das war ein verschmitzter Bursche«, ließ sich Schmitz wieder vernehmen. »Auch ein Beitrag zur philosophisch-metaphysischen Mentalität unterdrückter Klassen.«

»Sie sind anscheinend kein Kaufmann?« meinte Kobler.

»Nein«, sagte Schmitz. »Ich bin ein Mann der Feder und fahr jetzt als Sonderkorrespondent zur Weltausstellung.« Nun entstand abermals eine Pause.

Während dieser Pause dachte jeder über den anderen nach.

Ich hab bisher eigentlich nur einen einzigen Mann der Feder gekannt, dachte Kobler, das war ein Poet, der nie bei sich war, wenn man nicht grad über Hyazinthen gesprochen hat. Ein unpraktischer Mensch. Der hätt mir nur schaden können, sonst nichts. Aber dieser Schmitz scheint ein belesener und hilfsbereiter Mensch zu sein – man soll halt nur mit Menschen verkehren, von denen man was hat. Das tun zwar alle, aber die meisten wissen nicht, was sie tun. Vielleicht kann mir dieser Mann der Feder was nützen, vielleicht kann ich ihn sogar ausnützen – als Mann der Feder hat er sicher viel weibliche Verehrerinnen, auch in Ägypten wird er wahrscheinlich welche haben. Oh, ich glaub schon daran, daß es eine Vorsehung gibt! Wenn er nur nicht so stinken tät!

Und Schmitz dachte: Vielleicht war es sogar blöd von mir, daß ich mich dem gleich angeboten hab als Reisebegleiter. Sicher war es blöd. Oh, wie bin ich blöd! Und warum bin ich blöd? Weil ich ein weicher Mensch bin. Ich kann aber auch energisch sein. Vielleicht ist das gar ein Schnorrer und pumpt mich an. Ich bin sehr energisch. Kaufmann ist er, hat er gesagt. Wer ist heut kein Kaufmann? Und was werden Sie schon für ein Kaufmann sein, lieber Herr? Es geht mich ja nichts an. Betrügen tut er sicher, sonst tät er nicht in seinem Alter nach Barcelona fahren, nämlich zur Großbourgeoisie gehört jener nicht, das kenn ich an den Bewegungen. Ob jener ein Hochstapler ist? Nein, denn das kenn ich auch an den Bewegungen. Auf alle Fälle ist er blöd. – Meiner Seel! Wie er mir nicht paßt, werd ich ihn schon los, wann, wo und wie ich will! Ich spring auch aus dem fahrenden Zug!

14

Als der Schnellzug Milano erreichte, war es zehn Minuten nach Mitternacht, obwohl der Schnellzug fahrplanmäßig erst um dreizehn Minuten nach Mitternacht Milano erreichen sollte. »Das nenn ich Ordnung!« rief Schmitz.

Er führte Kobler in das Bahnhofsrestaurant, wo sie sich bis zur Weiterfahrt nach Ventimiglia (3.29 Uhr) aufhalten wollten. Schmitz kannte sich gut aus. »Ich kenn mich in Milano aus wie in Paris«, sagte er. »Das beste ist, wir bleiben am Bahnhof.«

»Es hat nämlich keinen Sinn, in die Stadt zu fahren«, fuhr er fort, »denn erstens ist es ja jetzt stockfinster, und so hätten wir absolut nichts von dem gotischen Mailänder Dom, und zweitens ist hier architektonisch nicht viel los, es ist halt eine moderne Großstadt. Sie werden noch genug Gotik sehen!« – »Ich bin auf die Gotik gar nicht so scharf«, sagte Kobler. »Mir sagt ja das Barock auch mehr«, sagte Schmitz. »Mir sagt auch das Barock nichts«, sagte Kobler. »Ja, verglichen mit den Wunderwerken Ostasiens, können wir Europäer freilich nicht mit!« sagte Schmitz. Kobler sagte nichts mehr. Jetzt halt aber endlich dein Maul! dachte er.

»Jetzt wollen wir aber einen Chianti trinken!« rief Schmitz und leuchtete. »Das ist der Wein mit dem Stroh untenherum. Oder sind Sie gar Abstinenzler?« – »Wieso kommen Sie darauf?« verwahrte sich Kobler entschieden. »Ich kann enorm viel saufen und sogar durcheinander!« – »Pardon!« entschuldigte sich Schmitz und lächelte glücklich.

Schmitz war nämlich ganz verliebt in den Chianti, und auch Kobler fühlte sich sehr zu ihm hingezogen, als er ihn nun im Bahnhofsrestaurant kennenlernte. Wohlig rann er durch ihre Gedärme, und bald stand die zweite Flasche vor ihnen. Dabei unterhielten sie sich über den Weltkrieg und den Krieg an sich. Sie hatten schon im Zuge davon angefangen, denn da Schmitz auch kein Soldat gewesen war, hatte Kobler nichts dagegen gehabt, mal über die Idee des Krieges zu plaudern.

Der Chianti löste ihre Zungen, und Kobler erzählte, er wäre ja politisch schon immer rechts gestanden, allerdings nur bis zum Hitlerputsch. Gegenwärtig stünde er so ziemlich in der Mitte, obwohl er eigentlich kein Pazifist sein könne, da sein einziger Bruder auf dem Felde der Ehre gefallen sei.

»Wie hieß denn Ihr Herr Bruder?« fragte Schmitz.

»Alois«, sagte Kobler.

»Armer Alois!« seufzte Schmitz.

»Ist Ihnen schlecht?« erkundigte sich Kobler.

»Mir ist immer schlecht, lieber Herr«, lächelte Schmitz wehmütig und leerte sein Glas. »Ich bin halt ein halber Mensch«, fuhr er fort und wurde immer sentimentaler. »Mir fehlt manchmal was, ob das die Heimat ist oder ein Fraunzimmer? Der Sanitätsrat meint zwar, daß meine Depressionen mit meiner miserablen Verdauung zusammenhängen, aber was wissen schon die Mediziner!«

»Ich persönlich bin schon sehr dafür, daß es keinen Krieg mehr geben soll«, antwortete Kobler, »aber glaubens denn, daß sich so was durchführen läßt?«

»Armer Alois«, murmelte Schmitz, und plötzlich wurde die Luft sehr leise. Dem Kobler war dies unbehaglich, und dabei fiel ihm ein, daß dieser Heldentod seinerzeit die Mutter natürlich sehr mitgenommen hatte. Sie hatte es direkt nicht mehr vertragen wollen, daß die Sonne scheint. »Wenn ich nur von ihm träumen könnt«, hatte sie immer wieder gesagt, »damit ich ihn sehen könnt!« –

Sie tranken bereits die dritte Flasche Chianti, aber Schmitz schien noch immer an sehr deprimierende Dinge zu denken, denn er war direkt abwesend. Plötzlich jedoch gab er sich einen Ruck und unterbrach die unangenehme Stille: »Neuerdings«, sagte er, »wird in unserer Literatur das Todesmotiv vernachlässigt, es will halt alles nur leben.«

»Man soll sich mit so was gar nicht beschäftigen«, beruhigte ihn Kobler wegwerfend. Als Kind ist er zwar gern auf den Friedhof gegangen, um den Vater zu besuchen, die Großeltern oder die gute Tante Marie. Aber durch den Weltkrieg ist das alles anders geworden. Hin ist hin! hatte er sich gesagt und ist nach München übergesiedelt.

In München ging es damals (1922) drunter und drüber, und Kobler bot sich die Gelegenheit, die politische Konjunktur auszunutzen. Er hatte ja nichts zu beißen, und als Mittelstandsprößling stand er bereits und überzeugt politisch rechts und wußte nicht, was die Linke wollte – aber so sehr rechts stand er innerlich doch nie wie seine neuen Bekannten, denn er besaß doch immerhin ein Gefühl für das Mögliche. Es ist eigentlich alles möglich, sagte er sich.

Einer seiner neuen Bekannten gehörte sogar einem politischen Geheimbund an, mit dem seinerzeit die politische Polizei sehr sympathisierte, weil dieser Geheimbund noch rechtsradikaler war als sie selbst. Er hieß Wolfgang und verliebte sich in Kobler, aber dieser ließ ihn nicht ran. Trotzdem verschaffte ihm Wolfgang eine Stelle, denn er war nicht nur leidenschaftlich, sondern auch zu einer aufopferungsvollen Liebe durchaus fähig.

So geriet Kobler in eine völkische Inflationsbank, und als der Bankier verhaftet wurde, wechselte Kobler in ein Fahrradgeschäft, hielt es aber nicht lange aus und wurde Reisender für eine württembergische Hautcreme und Scherzartikel. Dann hausierte er mit Briefmarken, und endlich landete er durch Vermittlung eines anderen Wolfgangs in der Autobranche.

Wenn er heute an diese Zeit zurückdenkt, muß er sich direkt anstrengen, um sich erinnern zu können, wovon er meistens eigentlich gelebt hatte. Meistens ist er ja nur gerade noch durchgerutscht durch die Schlingen, die uns das Leben stellt. »Du mußt einen guten Schutzengel haben«, hatte ihm mal eine Prostituierte gesagt.

Er dachte nicht gern an seine Vergangenheit, aber noch ungerner sprach er über sie. Er hatte nämlich häufig das Gefühl, als müßte er etwas vertuschen, als ob er etwas verbrochen hätte – und er hatte doch nichts verbrochen, was nicht in den Rahmen der geltenden Gesellschaftsordnung gepaßt hätte.

Drum sprach er auch jetzt beim Chianti lieber über die Zukunft. »Der Weltkrieg der Zukunft wird noch schauerlicher werden«, erklärte er Schmitz, »aber es ist halt nicht zu verwundern, daß es bei uns in Deutschland Leute gibt, die wieder einen Krieg wollen. Sie können sich halt nicht daran gewöhnen, daß wir zum Beispiel unsere Kolonien verloren haben. Ein Bekannter von mir hat zum Beispiel in seinem Briefmarkenalbum die ehemals deutschen Kolonien schwarz umrändert. Er sieht sie sich jeden Tag an, alle andern Kolonien, englischen, italienischen, portugiesischen und so weiter, hat er abgestoßen, noch dazu zu Schleuderpreisen, und die französischen Kolonien hat er, glaub ich, verbrannt.«

Schmitz hörte aufmerksam zu.

»Ich, Rudolf Schmitz«, betonte er, »bin überzeugt, daß ihr Deutschen alle eure verlorenen Gebiete ohne Schwertstreich zurückbekommen werdet, und auch wir Deutsch-Österreicher werden uns ebenso an euch anschließen – ich sage nur eines: Heilige Allianz ist gleich Völkerbund. Napoleon ist gleich Stalin!«

»Das weiß ich noch nicht«, antwortete Kobler skeptisch, weil er nicht wußte, was die Heilige Allianz bedeuten sollte. »Wer ist denn Stalin?« fragte er.

»Das läßt sich nicht so einfach erklären«, meinte Schmitz zurückhaltend. »Kehren wir lieber zum Thema zurück: Ich, Rudolf Schmitz, bin überzeugt, daß es zwischen den europäischen bürgerlichen Großmächten zu keinem Krieg mehr kommen wird, weil man heutzutag eine Nation auf kaufmännisch-friedliche Art bedeutend billiger ausbeuten kann.« – »Das sag ich ja auch immer«, nickte Kobler. »Das freut mich aber!« freute sich Schmitz und wurde wieder lebhaft: »Denkens doch nur an Amerika! Vergessens bitte nur ja nicht, daß die Vereinigten Staaten von Nordamerika Europa zu einer Kolonie degradieren wollen, und das werden sie auch, falls sich Europa nicht verständigen sollte, denn Europa ist ja schon ein Mandatsgebiet!« – »Ob wir uns aber verständigen werden?« fragte Kobler und fühlte sich überlegen. »Wir müssen halt einen dicken Strich unter unsere Vergangenheit ziehen!« ereiferte sich Schmitz. »Ich persönlich hätt nichts dagegen«, beruhigte ihn Kobler. »Diese Zoll- und Paßschikanen sind doch purer Wahnsinn!« jammerte Schmitz. »Von einem höheren Standpunkt aus betrachtet«, meinte Kobler gelassen, »haben Sie schon sehr recht, aber ich glaub halt, daß wir uns nur sehr schwer verständigen werden, weil keiner dem andern traut, jeder denkt, der andere ist der größere Gauner. Ich denk jetzt speziell an Polen.«

»Waren Sie schon in Polen?«

»Ich war noch nirgends.«

»Aber ich war in Polen und hab mich sogar in eine Polin verliebt, es gibt halt überall anständige Menschen, lieber Herr! Einer muß halt mal beginnen, sich energisch für die Verständigungsidee einzusetzen!« Er leerte energisch den Rest der vierten Flasche Chianti. »Wir trinken noch eine«, entschied Kobler, und während Schmitz bereitwilligst bestellte, fixierte er die Büfettdame. Also das ist Italien! dachte er, und allmählich geriet er in exhibitionelle Stimmung. »Wenn ich was trink, kann ich lebhafter denken«, sagte er. Wenn schon! dachte Schmitz. »Wenn ich nichts trink, tut mir das Denken oft direkt weh, besonders über so weltpolitische Probleme«, fuhr er fort.

Der Kellner brachte die fünfte Flasche, und Kobler wurde immer wißbegieriger. »Was bedeutet eigentlich ›Pan‹?« fragte er. »Das Universum zu guter Letzt«, dozierte Schmitz. »Und im Falle ›Paneuropa‹ bedeutet es die ›Vereinigten Staaten von Europa‹.« – »Das weiß ich«, unterbrach ihn Kobler. Schmitz schlug mit der Faust auf den Tisch. »Aber ohne Großbritannien gefälligst!« brüllte er und mußte dann plötzlich gähnen. »Pardon!« riß er sich zusammen. »Ich hab jetzt gegähnt, aber ich bin noch gar nicht müd, das sind nur so Magengase, die sich bei mir besonders stark entwickeln, wenn ich etwas angeheitert bin. Apropos: Kennen Sie meine Kriegsnovelle? Sie ist leider kein pekuniärer Erfolg, weil ich die grausige Realistik des Krieges mit meiner grausigen Phantastik verband, gewissermaßen ein Kriegs-Edgar-Allan-Poe. Ist Ihnen dieser Name ein Begriff?«

»Nein.«

»Ja, die Kunst hört allmählich auf«, murmelte Schmitz, ließ einen Donnernden fahren und wurde wieder sentimental. Er war eben ein Stimmungsmensch.

»Ich les ja schon lieber wahre Geschichten als wie erfundene, wenn ich was les«, sagte Kobler.

»Zwischen uns ist halt eben eine Generation Unterschied«, nickte Schmitz und lächelte väterlich. »Oft versteh ich Ihre Generation überhaupt nicht. Oft wieder scheinen mir Ihre Thesen schal, dürftig, adionysisch in einem höheren Sinn. In meiner Jugend hab ich den halben Faust auswendig hersagen können und den ganzen Rimbaud. Kennen Sie das trunkene Schiff? Pardon auf einen Moment! Ich muß jetzt mal naus.«

Und Kobler sah, daß Schmitz, wie er so hinausschritt, die Zähne zusammenbiß und die Fäuste krampfhaft ballte, so sehr nahm er sich zusammen, um nicht umzufallen. Bin ich denn auch schon so voll? fragte er sich bekümmert. Auf alle Fäll ist das ein interessanter Mensch.

Und als der interessante Mensch wieder an den Tisch zurücktaumelte, wurde es allmählich Zeit, denn draußen auf dem Geleise standen bereits die durchgehenden Waggons nach Ventimiglia. Die beiden Herren sprachen noch etwas über die Politik an sich, über die Kunst an sich, und Schmitz beklagte sich noch besonders wegen der europäischen Zerfahrenheit an sich. Aber es wollte kein richtiges Gespräch mehr aufkommen, denn beide Herren konnten sich nicht mehr richtig konzentrieren. Kobler schrieb noch rasch eine Postkarte an die Perzl: »Bin soeben an Ihrer gewesenen Windmühle in Brescia vorbeigefahren. Gruß Kobler.« Und darunter schrieb Schmitz: »Unbekannterweise Handküsse Ihr sehr ergebener Rudolf Schmitz.« Dann zahlten die beiden Herren, und beide wurden vom Kellner betrogen, der sich hernach mit einem altrömischen Gruß empfahl.

Und Schmitz hob den Arm zum Faschistengruß, und auch Kobler tat so. Und auch die Büfettdame tat ebenso.

15

Als die beiden Herren aus dem warmen rauchigen Lokal in die frische Nachtluft traten, fielen sie fast um, denn sie hatten einen derartigen Rausch. Sie torkelten schon ganz abscheulich, und es dauerte direkt lang, bis sie endlich in einem der durchgehenden Waggons nach Ventimiglia saßen.

Beide Herren waren voneinander überaus begeistert, besonders Schmitz freute sich grandios, daß er den Kobler kennengelernt hatte. Bewegt dankte er ihm immer wieder, daß er ihn nach Spanien begleiten darf. Dabei titulierte er ihn Baron, Majestät, General und Kommerzialrat.

Aber plötzlich hörte Kobler kaum mehr hin, so glatt wurde er nun von der Müdigkeit, die ihn schon in Verona gepackt hatte, um ihm die Augen einzudrücken, niedergeschlagen. Also antwortete er bloß lakonisch, meist nur mit einem Wort.

»Warum fahren Eminenz eigentlich nach Barcelona?« fragte Schmitz. »Ägypten«, murmelte die Eminenz. »Wieso Ägypten, Herr Veterinär?« – »Standesamt«, stöhnte der Veterinär. »Politisch?« – »Möglich!«

»Das gibt aber jetzt ein Interview!« brüllte Schmitz und geriet in hastige Begeisterung. »Ein Interview wie noch nie!« Er riß sich ein Notizbuch aus der Brust, um sich Koblers Antworten gewissenhaft zu notieren, denn jetzt wußte er vor lauter Rausch nicht mehr, was er tat.

»Darf man fragen«, legte er los, »was halten Herr Oberstleutnant von der Geist-Leib-Bewegung? Und was von der Leib-Geist-Bewegung?« Kobler riß die Augen auf und starrte ihn unsagbar innig an, ja, er versuchte sogar zu lächeln. »Ich bin ganz der Ihre, gnädiges Fräulein«, lallte er.

»Jetzt wird mir schlecht!« brüllte Schmitz. »Jetzt wird mir plötzlich schlecht!« Er fuhr entsetzt empor und raste hinaus, um sich zu erbrechen. Kobler sah ihm überrascht nach und machte dann eine resignierte Geste. »Frauen sind halt unberechenbar«, lallte er.

In einem solchen Zustand verließen die beiden Herren Milano, die Metropole Oberitaliens. Und dieser Zustand änderte sich auch kaum wesentlich während der restlichen Nacht. Zwar schliefen sie, aber ihr Schlaf war unruhig und quälend, voll dunkler, rätselhafter Träume.

So träumte Schmitz zum Beispiel unter anderem folgendes: Er schreitet leichten Fußes und beschwingten Sinnes über arkadische Sommerwiesen. Es ist um das Fin de siècle herum, und er belauscht in einem heiligen Hain eine Gruppe sich tummelnder bildhübscher Helleninnen. »Paneuropa«, ruft er, und das ist die klassisch Schönste. Aber Paneuropa weist ihn schnippisch in seine Schranken zurück. »Wer weitergeht, wird erschossen!« ruft sie ihm übermütig zu und lacht silbern. Doch da wird ihm die Sache zu dumm, er verwandelt sich in einen Stier, und zwar in einen Panstier, und der gefällt der Paneuropa. Keuchend wirft sie sich um seinen Panstiernacken und bedeckt seine Panstiernüstern mit den hingebungsvollsten Küssen – aber während sie ihn also küßt, verwandelt sich die klassisch schöne Paneuropa leider Gottes in die miese Frau Helene Glanz aus Salzburg.

Und Kobler träumte bereits knapp hinter Milano von seinem armen Bruder Alois, der im Weltkrieg von einer feindlichen Granate zerrissen worden war. Nun trat dieser Alois als toter Soldat in einem weltstädtischen Kabarett auf und demonstrierte einem exklusiven Publikum, wie ihn seinerzeit die Granate zerrissen hatte. Dann legte er sich selber wieder artig zusammen, und das tat er voll Anmut. Und das Publikum sang den Refrain mit:

»Die Glieder
Finden sich wieder!«

16

Als die beiden Herren erwachten, ging es schon gegen Mittag. Sie hatten Genua glatt verschlafen, und nun näherten sie sich San Remo.

Draußen lag das Meer, unsere Urmutter. Nämlich das Meer soll es gewesen sein, in dem vor vielen hundert Millionen Jahren das Leben entstand, um später auch auf das Land herauszukriechen, auf dem es sich in jener wunderbar komplizierten Weise höher und höher entwickelt, weil es gezwungen ist, sich anzupassen, um nicht aufzuhören.

Schmitz fiel es ein, daß Kobler jetzt zum erstenmal das Meer sieht. »Was sagen Sie eigentlich zum Meer?« fragte er. »Ich hab mir das Meer nicht anders gedacht«, antwortete Kobler apathisch. Er lag noch immer und sah noch sehr mitgenommen aus. »Beruhigen Sie sich, lieber Herr«, tröstete ihn Schmitz. »Mir tut der Schädel genauso weh wie Ihnen, aber ich beherrsch mich halt. Wir hätten uns in Milano nicht so besaufen sollen.« – »Wir hätten uns halt in Milano beherrschen sollen«, lamentierte Kobler. »Jahrgang 1902«, murmelte Schmitz.

Sie fuhren nun am Meer entlang und hatten eigentlich nichts davon, trotzdem daß es zuerst die italienische Riviera di Ponente war und hernach sogar die französische Côte d'Azur. Zwischen den beiden mußten sie wieder mal so eine amtliche Zoll- und Paßkontrolle über sich ergehen lassen, nämlich im Grenzort Ventimiglia. Hier war es Kobler am übelsten, aber selbst Schmitz vertrödelte hier fast eine volle Stunde auf der Toilette. Sie mußten halt für ihren Mailänder Chianti bitter büßen, und das Bittere dieser Buße stand, wie häufig im Leben, im krassesten Mißverständnis zur Süße des genossenen Vergnügens. Besonders Kobler konnte diese weltberühmte Landschaft überhaupt nicht genießen, er konnte auch nichts essen, übergab sich bei jeder schärferen Kurve und sah düster in die Zukunft. Jetzt bin ich noch gar nicht am Ziel meiner Reise, und schon bin ich tot, dachte er deprimiert. Warum fahr ich eigentlich?

Schmitz versuchte ihn immer wieder auf andere Gedanken zu bringen. »Sehens nur«, sagte er in Monte Carlo, »hier wachsen die Palmen sogar am Perron! Ich werd halt das Gefühl nicht los, daß Westeuropa noch bedeutend bürgerlicher ist, weil es den Weltkrieg gewonnen hat. Ich möcht aber nicht wissen, was sein wird, wenn die Westeuropäer mal dahinterkommen, daß sie den Weltkrieg zu guter Letzt auch nur verloren haben! Wissens, was dann sein wird? Dann werden auch hier die Sozialdemokraten Minister.«

Und in Nizza konstatierte Schmitz, daß man hier Rechtens die Uhr nicht um eine Stund, sondern gleich um vierzig Jahre zurückdrehen müßte – und hierbei lächelte er sarkastisch, aber wenn er allein war, fühlte er sich manchmal sauwohl in der Atmosphäre von 1890, obwohl er sich dann immer selbst widersprechen mußte.

Und in Cap d'Antibes mußte Schmitz unter anderem an Bernard Shaw denken, und er dachte, das sei ein geistreicher Irländer, und von dem alten Nobel wär es schon eine sehr noble Geste gewesen, daß er den Nobelpreis gestiftet hätt, als er mit ansehen mußte, wie sich die Leut mit seinem Dynamit gegenseitig in die Luft sprengen. –

Nun verließ der Zug das Meer und erreichte es wieder in Toulon. »Wir sind jetzt bald in Marseille«, sagte Schmitz. Es war bereits spät am Nachmittag, und die Luft war dunkelblau.

Draußen lag Toulon, ein Kriegshafen der französischen Republik. Und beim Anblick der grauen Torpedoboote und Panzerkreuzer stiegen in Schmitz allerhand Jugenderinnerungen empor. So erinnerte er sich auch, wie er einst als Kind mit der feschen Tante Natalie einen Panzerkreuzer der k. u. k. österreich-ungarischen Flotte in Pola hatte besichtigen dürfen. Die Tante hatte sich bald mit einem Deckoffizier unter Deck zurückgezogen, und er hatte droben fast eine halbe Stunde lang allein auf die Tante warten müssen. Und da hatte er sich sehr gefürchtet, weil die Kanonenrohre angefangen haben, sich von selber zu bewegen. Ich versteh die französische Demokratie nicht, dachte er nun in Toulon melancholisch. Bei den Faschisten ist dieser Rüstungswahn nur natürlich, wenn man ihren verbrecherischen Egoismus in Betracht zieht, aber bei der französischen Demokratie mit ihrer europäischen Sendung? Sie werden sagen, daß La France halt gegen Mussolini rüsten muß, denn dieser Mussolini strebt ja nach Nizza und Korsika, und sogar den großen

Napoleon will er für sich annektieren, und leider ist das halt logisch, was Sie da sagen, liebe Mariann!

Endlich erreichten sie Marseille.

Es ist bekannt, daß sich jede größere Hafenstadt durch ein farbiges Leben auszeichnet. Aber ganz besonders Marseille.

In Marseille ist der Mittelpunkt des farbigen Lebens der alte Hafen, und der Mittelpunkt dieses alten Hafens ist das Bordellviertel. Wir werden darauf noch zurückkommen.

Als nun die beiden Herren die breite Treppe vom Gare Saint Charles hinabstiegen, ging es Schmitz schon deutlich besser, während Kobler sich noch immer recht matt fühlte. Auch war es ihm, als könnte er noch immer nicht wieder korrekt denken. »Hier in Marseille entstand die Marseillaise«, belehrte ihn Schmitz. »Nur nichts mehr wissen!« wehrte sich Kobler mit schwacher Stimme.

Bald hinter Toulon war es bereits Nacht geworden, und nun hatten die beiden Herren keinen sehnlicheren Wunsch, als möglichst bald in einem breiten, weichen französischen Bett einschlafen zu können. Sie stiegen in einem kleinen Hotel am Boulevard Dugommier ab, das Schmitz als äußerst gediegen und preiswert empfohlen worden war. Aber der ihm das empfohlen hatte, mußte ein äußerst boshafter Mensch gewesen sein, denn das Hotel war nicht gediegen, sondern ein Stundenhotel und infolgedessen auch nicht preiswert. Jedoch den beiden Herren fiel das bei ihrer Ankunft nicht auf, denn sie schliefen ja schon halb, als sie das Hotelbüro betraten. Sie gingen ganz stumm auf ihr Zimmer und zogen sich automatisch aus. »Hoffentlich sind Sie nicht mondsüchtig«, jammerte Schmitz. »Das wär ja noch das geringste«, belustigte ihn Kobler und fiel in sein Bett.

17

Die Nacht tat den beiden Herren sehr wohl. Befreit von der Monotonie der Schienen und Eisenbahnräder, träumten sie diesmal nichts. »Heut bin ich neugeboren!« trällerte Schmitz am nächsten Morgen und band sich fröhlich die Krawatte. Und auch Kobler war aufgeräumt. »Ich freu mich schon direkt auf Marseille«, meinte er.

Als die beiden Herren angezogen waren, bummelten sie über die Cannebière, jene weltberühmte Hauptverkehrsader. Dann fuhren sie mit einem Autobus über den Prado hinaus nach der Corniche, einer zufriedenen Straße, die immer am freien Meer entlang laufen darf. Hierauf fuhren sie mit dem Motorboot an alten, unbrauchbaren Festungen vorbei nach dem Inselchen des romantischen Grafen von Monte Christo. Hierauf fuhren sie mit einem kühnen Aufzug auf jenen unheimlich steilen Felsen, auf dem Notre Dame de la Garde steht. Von hier aus bot sich ihnen ein umfassendes Panorama. »Da unten liegt Marseille«, erklärte Schmitz die Situation. Hierauf fuhren sie mit der eisernen Spinne des Pont Transbordeurs, und zwar einmal hin und einmal zurück. Hierauf gingen sie in eines der populären Restaurants am alten Hafen, und zwar in das Restaurant »Zum Kometen«.

Da gab es allerhand zu essen, und alles war billiger als in Deutschland und Österreich. Infolgedessen überfraßen sich die beiden Herren fast. Besonders die Vorspeisen, von denen man um dasselbe Geld nehmen konnte, soviel man wollte, taten es ihnen an. Und auch das weiche weiße Brot. Mit dem Wein gingen sie diesmal mißtrauischer um, trotzdem wurde Schmitz wieder recht gesprächig. Er erinnerte Kobler an das treffende Sprichwort vom lieben Gott in Frankreich und fragte ihn hernach, ob es ihm schon aufgefallen sei, daß hier zahlreiche Lokale, oft wahre Prachtcafés, keine Klosette hätten, und das wäre halt so eine südfranzösische Spezialität. Hierauf zählte er ihm die Spezialitäten der Marseiller Küche auf und bestellte sich eine Art Fischsuppe. »Das ist aber eine eigenartige Speis«, meinte Kobler vorsichtig und schnupperte. »Ich glaub, daß da viel exotische Zutaten drin sind.«

»Erinnern Sie sich an das Kolonialdenkmal auf der Corniche?« erkundigte sich Schmitz mit vollem Munde. »Das war jenes Monumentaldenkmal für die im Kampfe gegen die französischen Kolonialvölker gefallenen Franzosen – natürlich stammt hier vieles aus den Kolonien, aber das stammt es überall! Auch unser berühmter Wiener schwarzer Kaffee wächst bei den Schwarzen. Hätten wir keine Kolonialprodukte, lieber Herr, könnten wir ja unsere primitivsten Bedürfnisse nicht befriedigen. Und glaubens mir, wenn man die armen Neger nicht so schamlos ausbeuten tät, wär das der Fall, denn dann wären ja alle Kolonialprodukte unerschwinglich teuer, weil dann halt die Plantagenbesitzer auch gleich das Tausendfache verdienen wollten – glaubens mir, mein sehr Verehrter, wir Weißen sind die größten Bestien!«

Jetzt mußte er plötzlich stark husten, weil er sich einen zu großen Bissen in den Rachen geschoben hatte. Als er sich ausgehustet hatte, fuhr er fort: »Wenn wir weißen Bestien ehrliche Leut wären, müßten wir unsere Zivilisation auf den Bedürfnislosen aufbauen, deren Bedürfnisse auch ohne Negerprodukte befriedigt werden könnten, also gewissermaßen Waldmenschen – das wären also dann Staaten, die kaum ein

Bedürfnis befriedigen könnten, aber wo bliebe dann unsere abendländische Kultur?«

»Das weiß ich nicht«, antwortete Kobler und sah gelangweilt auf seine Uhr. »Wann gehen wir denn ins Bordellviertel?« fragte er besorgt.

»Jetzt rentiert sich's noch nicht, es ist noch zu hell«, meinte Schmitz. »Wir könnten ja bis dahin vielleicht noch einige alte Kirchen anschaun. Garçon, bringen Sie mir encore eine Banane!«

18

Gleich hinter dem schönen Rathaus von Marseille beginnt das berühmte Bordellviertel, düster und dreckig, ein wahres Labyrinth – als hörte es nirgends auf.

Je weiter man sich vom Rathaus entfernt, um so inoffizieller wird die Prostitution und um so vertierter gebärdet sie sich. Die Straßen werden immer enger, die hohen Häuser immer morscher, und auch die Luft scheint zu verfaulen.

»Der Gott und die Bajadere«, fiel es Schmitz plötzlich ein, denn er war halt ein Literat. »Sehens dort jene Bajadere?« fragte er Kobler. »Jene fette Gelbe, die sich dort grad ihre schwarzen Füß wascht, ist das aber unappetitlich! Meiner Seel, jetzt fangt sie sich auch noch zu pediküren an! Das nennt sich Gottes Ebenbild!«

»Zum Abgewöhnen«, meinte Kobler.

»Passens auf«, schrie Schmitz, denn er sah, daß sich ein anderes Ebenbild Kobler näherte. Dieses Ebenbild hatte einen verkrusteten Ausschlag um den Mund herum und wollte Kobler partout einen Kuß geben. Aber Kobler wehrte sich ganz ängstlich, während ein drittes Ebenbild Schmitz den Hut vom Kopf herunterriß und sehr neckisch tat, worüber eine Gruppe singhalesischer Matrosen sehr lachen mußte.

»Ein interessantes Völkergemisch ist das auf alle Fäll«, konstatierte Schmitz, als er nach langwierigen Verhandlungen seinen Hut für fünf Zigaretten wieder zurückbekommen hatte. »Habens auch die japanische Hur gsehen?« – »Ich hab auch die chinesische gesehen!« antwortete Kobler. »Man kann ja hier allerhand sehen. Ich versteh nur die Männer nicht, die sich mit so was einlassen.«

»Das ist halt der Trieb«, meinte Schmitz, »und die Matrosen sollen oft einen ganz ausgefallenen Trieb haben.«

»Ich versteh die Matrosen nicht«, unterbrach ihn Kobler mürrisch. Und dann fluchte er sogar und beschwerte sich ungeduldig darüber, daß es in Marseille anscheinend keine netten Huren gibt, sondern bloß grausam-abscheuliche. Er hätte sich diese Hafenstadt aber schon ganz anders vorgestellt. »Beruhigen Sie sich nur!« beschwichtigte ihn Schmitz. »Ich werd Sie jetzt in ein vornehmes, hochoffizielles Puff führen, ich hab die Adresse aus Wien vom Ober vom ›Bristol‹. Dort werden die Weiber sicher sehr gepflegt sein, und man soll dort allerhand erleben, auch wenn man sich nicht einläßt. In Hafenstädten soll man so was ja überhaupt nicht machen, schon wegen der gesteigerten Ansteckungsgefahr. Hier ist doch alles krank.«

»Ich hab noch nie was erwischt«, meinte Kobler, und das war gelogen.

»Ich hab auch noch nie was erwischt«, nickte Schmitz, und das war auch gelogen. Dann wurde er wieder melancholischer. »Zu guter Letzt ist halt diese ganze Prostitution etwas sehr Trauriges, aber man kann sie halt nicht abschaffen«, lächelte er wehmütig.

»Das ist auch meine Meinung«, pflichtete ihm Kobler bei. »Ich kenn einen Prokuristen, dem sein höchstes Ideal ist, mit der Frau, die er liebt, obszöne Bilder zu betrachten. Aber seine eigene Frau wehrt sich dagegen und behauptet, daß sie durch solche Fotografien direkt lebensüberdrüssig werden tät. Also was bleibt jetzt dem Prokuristen übrig? Der Strich. Und wo eine Nachfrage ist, da ist halt auch ein Angebot da. Das sind halt so Urtriebe!«

Was gibt's doch für Viecher auf der Welt! dachte Schmitz und wurde wieder philosophisch. »Ich betracht auch die Prostitution von einem höhern Standpunkt aus«, erklärte er. »Ich hab mir jetzt grad überlegt, daß wir Menschen, seitdem wir da sind, eigentlich nur drei Triebe, nämlich Inzest, Kannibalismus und Mordgier, unterdrückt haben, und nicht einmal diese drei haben wir total unterdrückt, wie das uns in letzter Zeit wieder mal der Weltkrieg bewiesen hat. Das sind Probleme, lieber Herr! Sehen Sie sich zum Beispiel mich an! Ich hab in meiner Jugend mit dem Kommunistischen Manifest sympathisiert. Man muß durch Marx unbedingt hindurchgegangen sein. Marx behauptet zum Beispiel, daß mit der Aufhebung der bürgerlichen Produktionsverhältnisse auch die Prostitution verschwindet. Das glaub ich nicht. Ich glaub, daß man da nur reformieren kann. Und das gehört sich auch so.«

»Wie?«

»Das hat man eben noch nicht heraußen, wie sich das gehört, man weiß nur, daß es sich marxistisch nicht gehört, denn wir erleben's ja gerade, daß der Kommunismus weit darüber hinausgeht und unsere ganze europäische Zivilisation vernichten will!«

Er hielt plötzlich ruckartig.

»So, und jetzt haben wir's erreicht«, sagte er. »Das dort drüben ist jenes Puff!« –

Der Ober im »Bristol« hatte wirklich nicht übertrieben, als er Schmitz seinerzeit sein Ehrenwort gegeben hatte, daß das Haus »Chez Madelaine« in jeder Hinsicht vorbildlich geführt wird, solid und reell. Er hat ausnahmsweise nicht gelogen, dachte Schmitz. Ich werd ihm noch heut eine Ansichtskarte schreiben.

Die Pförtnerin, eine freundliche Alte, führte die beiden Herren in den Empfangsraum, bot ihnen Platz an und bat, sich nur wenige Augenblicke zu gedulden. Der Empfangssalon war im Louis-XVI.-Stil gehalten, doch keineswegs protzig, eher schlicht. An den Wänden hingen Stiche nach Watteau und Fragonard, für die sich Schmitz rein mechanisch sofort interessierte. »Ob das nicht sehr teuer sein wird?« fragte Kobler mißtrauisch, aber Schmitz konnte ihn nicht beruhigen, denn in diesem Augenblick betrat die Madame den Salon.

Die Madame war eine ältere Dame mit wunderbar weißem Haar und sprechenden Augen, eine vornehme Erscheinung. Sie hatte etwas Königliches an sich und einen natürlichen Scharm. Aber auch etwas Strenges hatte sie um den Mund herum, und das mußte so sein, wenn sie den guten Ruf ihres Bordells hochhalten wollte. Also das wird sehr viel kosten, dachte Kobler besorgt, während sich die Madame taktvoll an Schmitz wandte, weil dieser der Ältere war. Sie begrüßte ihn sofort auf englisch, aber Schmitz unterbrach sie sofort, er sei kein Amerikaner, und sein Freund sei auch kein Amerikaner, sondern im Gegenteil. Der Madame schien das sehr zu gefallen, sie entschuldigte sich vielmals, lächelte überaus zuvorkommend und war nun nicht mehr reserviert, eher übermütig.

»Habens den Tonwechsel bemerkt?« flüsterte Schmitz dem Kobler zu, als sie der Madame in die Bar folgten. »Habens es bemerkt, wie verhaßt die Amerikaner in Frankreich sind? Hier möcht man halt auch keine amerikanische Kolonie werden!«

»Das ist mir jetzt ganz wurscht!« unterbrach ihn Kobler unruhig. »Ich beschäftig mich jetzt nur damit, daß es hier recht viel kosten wird!«

»Was kann das schon kosten? Wir gehen jetzt einfach in die Bar und bestellen uns einfach zwei Whisky mit Soda, und sonst tun wir halt einfach nichts!«

Nun betraten sie die Bar.

In der Bar sah man fast lauter uniformierte Menschen, Soldaten und Matrosen, die sich mit den halbnackten Mädchen mehr oder minder ordinär unterhielten. Auch saßen in einer Ecke zwei Gäste aus Indien, und in einer anderen Ecke saßen drei Sportstudenten aus Nordamerika, letztere mit hochroten Köpfen, aber mit puritanischem Getue. Und dann saßen noch zwei Herren da, um die sich die Mädchen aber nicht kümmerten: der eine war ein eingefleischter Junggeselle, und der andere war bloß gekommen, um der Madame Turftips zu geben.

Es war ein lebhafter Betrieb. Der Pianist spielte sehr talentiert, teils sentimental und teils unsentimental, er sah aus wie ein Regierungsrat. Und der Kellner sah aus wie Adolf Menjou und war sehr distinguiert. Alles war scharf parfümiert, und das mußte wohl so sein.

Als die Madame den Salon betrat, riß es die Dirnen etwas zusammen, denn sie hatten eine eiserne Disziplin im Leibe, trotz ihres ausgelassenen Gebarens. Sie bildeten sofort einen regelmäßigen Halbkreis um Schmitz und Kobler, streckten ihre Zungen heraus und bewegten selbe je nach Veranlagung rascher oder langsamer hin und her, und das sollte recht sinnlich und lasterhaft wirken. »Alors!« sagte die Madame, aber Schmitz erklärte ihr, sie wollten vorerst und vielleicht überhaupt nur eine einfache Kleinigkeit trinken. – »Très bien!« sagte die Madame, worauf sich der Halbkreis wieder auflöste. Trotzdem ließ die Madame nicht so leicht locker und erkundigte sich, ob die beiden Herren nicht vielleicht eine Dame bloß zum Diskurieren haben wollten, sie hätte auch sehr intelligente Damen hier, mit denen man auch über Problematisches reden könnte. Insgesamt sprächen ihre Damen vierzehn Sprachen, und eine Deutsche sei auch unter ihnen, und sie wolle mal die Deutsche an den Tisch der beiden Herren dirigieren, und das würde natürlich absolut nichts kosten – solange es nämlich beim Diskurieren bleiben würde.

Die Madame ging, um die Deutsche herbeizuholen, die gerade verschwunden war – da schritt eine Negerin durch die Bar. Sie hatte einen grellroten Turban und einen ganz anderen Gang als ihre weißen Kolleginnen, und dies gab dem Schmitz wieder mal Gelegenheit, sich über die gemeinsame Note der Europäerinnen zu äußern und darüber hinaus zu bedauern, daß man das typisch Europäische bisher nur oberflächlich formuliert hat. »Oder könnten Sie auf diese Menschen hier schießen, nur weil sie keine Deutschen sind?« Kobler verneinte diese Frage. Und Schmitz fuhr fort, daß es unter diesen Menschen da nicht nur Französinnen, sondern auch Rumäninnen, Däninnen, Engländerinnen und Ungarinnen gäbe, und er fragte triumphierend: »Na, was sagens jetzt zu dieser Organisation?« – »Da sind wir in Deutschland freilich noch weit zurück«, meinte Kobler.

Nun trat die Deutsche an ihren Tisch. »Die Herren sind Deutsche?« fragte sie deutsch und beugte sich über Schmitz. »Ich bin auch eine

Deutsche, na, wer will als erster?« – »Das muß ein Irrtum sein«, wehrte sich Schmitz. »Wir dachten, du willst mit uns hier auf unser Wohl anstoßen und sonst nichts!« – »Wie mich die Herren haben wollen«, meinte die Deutsche und setzte sich artig, denn sie konnte auch wohlerzogen sein.

Es stellte sich nun bald heraus, daß sie Irmgard heißt und aus Schlesien stammt. Sie kannte auch die Reichshauptstadt, dort wollte sie nämlich Verkäuferin werden, aber sie wurde Fabrikarbeiterin, und das war Schicksal. Denn die Maschinen gingen ihr sehr auf die Nerven, weil sie halt ein Landkind war. Ostern 1926 lernte sie einen gewissen Karl Zeschke kennen, und der und die Maschinen wurden ihr wieder ein Schicksal. Sie bekam es bald im Kopf, und über Nacht fing sie an zu zeichnen und zu malen, und zwar lauter Hermaphroditen.

Die Madame hatte recht, man konnte mit Irmgard tatsächlich amüsant diskurieren – und als sie nach einem Weilchen von einem der uniformierten Herren verlangt wurde und sich also verabschieden mußte, lächelte Schmitz direkt gerührt: »Du bist schon richtig, Irmgard! Nämlich ich bin Schriftsteller, und wenn du Schreibmaschine schreiben könntest, dann wärst du das richtige Weiberl für mich!«

19

Noch in derselben Nacht verließen die beiden Herren Marseille, um nun über Tarascon, Sette und die spanische Grenze Port Bou ohne jede Fahrtunterbrechung direkt nach Barcelona zu fahren.

Sie fuhren durch Arles. »Hier malte van Gogh«, erzählte Schmitz. »Wer war das?« fragte Kobler. »Ein großer Maler war das«, antwortete Schmitz und sperrte sich traurig ins Klosett. »Hoffentlich werd ich jetzt endlich was machen können«, murmelte er vor sich hin, aber bald mußte er einsehen, daß er vergebens gehofft hatte. »Also das ist schon ein fürchterlicher Idiot!« konstatierte er wütend. »Jetzt kennt der nicht mal meinen geliebten van Gogh! Jetzt probier ich's aber noch mal!« Gesagt, getan, aber er konnte und konnte nichts machen. »Auch van Gogh ist verkannt worden«, resignierte er, »es versteht bald keiner den andern mehr, es ist halt jeder für sich sehr einsam.« So blieb er noch lange sitzen und starrte grübelnd auf das Klosettpapier. Dann öffnete er plötzlich das Fenster, um auf andere Gedanken zu kommen. Die kühle Nachtluft tat ihm wohl. Neben dem Bahndamm stand das Schilf mannshoch, und das rauschte ganz romantisch-gespenstisch, wie der Expreß so vorüberbrauste. Wie schön haben's hier die Leut! dachte

Schmitz verzweifelt. Was haben die hier für eine prachtvolle Nacht! Man sollt ein Poem über diese südfranzösischen Herbstnächt verfassen, aber ich bin halt kein Lyriker. Wenn ich zwanzig Jahr jünger wär, ja, aber jetzt bin ich schon zu bewußt dazu.

In Tarascon, der Vaterstadt Tartarins, des französischen Oberbayern, mußten sie auf den Pariser Expreß warten, weil aus diesem viele Reisende in ihren Expreß umsteigen wollten, teils nach Spanien und teils nur nach Nimes. Bald erschien auch der Pariser Expreß, und bald darauf erschien in ihrer Abteiltür eine Dame und wollte gerade fragen, ob noch was für sie frei wäre, aber Schmitz ließ sie gar nicht zu Wort kommen, sondern rief sofort, alle Plätze wären frei! Und er riß ihr direkt den Koffer aus der Hand, verstaute ihn fachmännisch im Gepäcknetz und überließ der Dame höchst beflissen seinen Eckplatz.

Es dürfte also überflüssig sein, zu bemerken, daß diese Dame sehr gut aussah, das heißt: sie war jung, schlank und dabei doch schön rund, hatte Beine, die an nichts anderes zu denken schienen als an das, und einen seltsam verschleierten Blick, als tät sie gerade das, und zwar überaus gern und immer noch nicht genug. Dabei duftete sie mit einer gewissen Zurückhaltung, aber um so raffinierter, vorn und hinten, rauf und runter – und bald duftete das ganze Abteil nur mehr nach ihr, trotz der beiden Herren. Sie hatte also das bestimmte Etwas an sich, was man landläufig Sex-Appeal nennt.

Die Dame nickte Schmitz einen freundlichen Dank, jedoch trotzdem einen reservierten, und ließ sich auf seinem ehemaligen Eckplatz nieder, und zwar in einer derart wollüstigen Art, als hätte sie was mit dem Eckplatz. Das regte den Schmitz natürlich sehr auf. Und auch Kobler war fasziniert. Ägypten! durchzuckte es ihn plötzlich, als er dahinterkam, daß alles an dieser Frau sehr teuer gewesen sein muß. Ich hab ja schon immer an die Vorsehung geglaubt! durchzuckte es ihn abermals. Und wenn dieser Schmitz noch so glotzt, gegen mich kommt der – Er stockte mitten in seinen Kombinationen und wurde blaß, denn nun durchzuckte es ihn zum drittenmal, und das war direkt zerknirschend. Ich kann ja kein Französisch, also kann ich sie ja gar nicht ansprechen, und ohne Reden geht doch so was nicht – so lallte es in ihm.

Mit einer intensiven Wut betrachtete er den glücklichen Schmitz, wie dieser seine Ägypterin siegesgewiß nicht aus den Augen ließ. – Jetzt wird er gleich parlieren mit ihr, und ich werd dabeisitzen wie ein taubstummer Aff! Solang's halt soviel Sprachen auf der Welt gibt, solang wird's halt auch dein Paneuropa nicht geben, du Hund! so fixierte er grimmig seinen paneuropäischen Nebenbuhler.

Aber die Ägypterin schien sich mit Schmitz nicht einlassen zu wollen, denn sie reagierte in keiner Weise. Plötzlich schien ihr sein stereotypes Lächeln sogar peinlich zu werden – sie stand rasch auf und ging aufs Klosett.

»Eine Vollblutpariserin!« flüsterte Schmitz hastig und tat sehr begeistert. »Ich kenn das an den Bewegungen!« Geh, leck mich doch am Arsch! dachte Kobler verstimmt. »Wie sie vom Klosett kommt, sprech ich sie an!« fuhr Schmitz fort und kämmte sich rasch. »Sie werden ja leider nicht mit ihr reden können«, fügte er schadenfroh hinzu. Kobler dachte abermals dasselbe.

Kaum saß die Vollblutpariserin wieder ihm gegenüber, nahm Schmitz seinen ganzen Scharm zusammen und sprach sie an, und zwar perfekt Französisch; sie hörte lächelnd zu und erklärte dann leise, sie könne nur äußerst gebrochen Französisch. »You speak English?« fragte Schmitz. »Nein, Allemagne«, sagte die Vollblutpariserin, und da gab es Kobler einen Riesenruck, während Schmitz ganz seltsam unsicher wurde. – Also gibt's doch eine Vorsehung! dachte Kobler triumphierend, und Schmitz wurde ganz klein und häßlich.

»Ich bin zwar in Köln geboren«, sagte Allemagne, »aber ich leb viel im Ausland. Im Sommer war ich in Biarritz, und im Winter war ich in St. Moritz.« Die absolute Ägypterin! dachte Kobler, und Schmitz riß sich wieder zusammen: »Köln ist eine herrliche Stadt!« rief er. »Eine uralte Stadt!« – »Oh, wir haben aber auch schöne neue Viertel!« verteidigte die Ägypterin ihre Vaterstadt, und dies berührte Schmitz sehr sympathisch, denn er war auch der Ansicht, daß dumme Frauen eine akrobatische Sinnlichkeit besäßen. Und er liebte ja an den Frauen in erster Linie die leibhaftige Sinnlichkeit, besonders seit er mal ein seelisches Verhältnis hatte. Nämlich das war eine recht unglückliche Liebe, die sehr metaphysisch begann, aber mit Urkundenfälschung seitens der Frau endete. Er schonte die Frau bis zum letzten Augenblick, als sie aber eine Apanage von ihm haben wollte, schonte er sie nicht mehr, und als ihr dann die Bewährungsfrist versagt wurde, sagte er: »Ich bin halt ein Kind der Nacht!«

Es ist also nur verständlich, daß er jeder derartigen Erschütterung peinlichst aus dem Wege ging, beileibe nicht aus Bequemlichkeit, sondern infolge gesteigerter Sensibilität und einer sexuellen Neurasthenie. Er wollte nichts anderes als das Bett und ertappte sich oft dabei, wie er es gerade bedauert, daß Frauen auch Menschen sind und sogar sogenannte Seelen haben – trotzdem konnte er das Bett nur durch seinen Geist erreichen, entweder unmittelbar oder indem er den Geist zuerst in Geld umgesetzt hatte, denn er hatte eben kein Sex-Appeal. Mit andern Worten: Er gelangte ins Bett nur durch seinen Geist, und so was ist natürlich direkt tragisch.

Auch jetzt versuchte er dieser Rheinländerin mit seinem Intellekt zu imponieren: er zählte ihr seine zwanzig speziellen Duzfreunde auf, und das waren lauter prominente Namen, einer prominenter als der andere, und sie fing schon an, ein ganz kleinlautes Gesicht zu schneiden. – Jetzt wird's aber höchste Zeit, dachte Kobler und unterbrach Schmitz brutal: »Kennen Sie Marseille?« fuhr er seine Ägypterin an, die ihn deshalb ganz erschreckt betrachtete, und als sie ihn eingehender überblickt hatte, schien er ihr gar nicht zu mißfallen. – »Nein«, lächelte sie, und das ermunterte den Kobler sehr. »Marseille sollten Sie sich aber unbedingt anschauen, Gnädigste!« ereiferte er sich. »Es muß ja dort toll zugehen«, meinte die Gnädigste. »Das ist noch gar nichts, aber ich hab dort in einem verrufenen Hause Filme gesehen, die eigentlich verboten gehörten, Gnädigste!« – »Erzählen Sie, bitte!« sagte die Gnädigste hastig und sah ihn dann still an, während sie Schmitz samt seinen prominenten Bekannten links liegenließ.

Und Kobler erzählte: Zuerst wurden er und Schmitz in den dritten Stock geführt, in ein geräumiges Zimmer, in dem eine weiße Leinwand aufgespannt war. Es standen da zirka zehn Stühle, sonst nichts, und man ließ ihn und Schmitz mutterseelenallein und tröstete sie damit, daß der Operateur jeden Augenblick erscheinen müsse, und dann ginge es sofort los. Aber es verging eine geraume Zeit, und es kam noch immer keine Seele, so daß es ihnen schon unheimlich wurde, weil man ja nicht wissen konnte, ob man nicht etwa umgebracht werden sollte, gelustmordet oder so –

Hier wurde aber Kobler von Schmitz energisch unterbrochen, denn es mißfiel ihm im höchsten Grade, daß diese Rheinländerin dem Kobler seine schweinischen Filme seinen prominenten Freunderln vorzog – er hatte schon eine Weile gehässig Koblers hochmoderne Socken betrachtet, und nun schlug sein soziales Gewissen elementar durch. Er betonte jedes Wort, als er ihr nun auseinandersetzte, daß in keinem offiziellen Bordell der Welt jemals etwas Unrechtes vorkommen könnte, weil sich die offiziellen Bordellunternehmer einer Gesetzesübertretung nimmermehr aussetzen würden, da sie es eben nicht nötig hätten, weil sie ja die Prostituierten in einer derart verbrecherisch-schamlosen Weise ausbeuteten, daß sie auch im Rahmen der Gesetze einen glatten Riesengewinn aufweisen könnten. Und dann wandte er sich an Kobler und fragte ihn gereizt, ob er sich denn nicht erinnern könne, daß im ersten Stock zufällig eine

Tür offenstand, durch die man den zuchthausmäßig einfachen gemeinsamen Speisesaal der Prostituierten sehen konnte, und ob er es denn schon vergessen hätte, wie furchtbar es im zweiten Stock nach Medikamenten gestunken hätte, trotz des aufdringlichen Parfüms, denn dort sei das Zimmer des untersuchenden Arztes gewesen.

Aber nun ließ ihn die Gnädigste nicht weiterreden, denn das sei nämlich furchtbar desillusionierend, protestierte sie. Worauf Kobler sofort sagte: »Also endlich erschien der Operateur, und dann ging's endlich los.« – Aber Schmitz gab sich noch nicht geschlagen, und er bemerkte bissig, das hätte so lange gedauert, weil nämlich dieser Operateur gelähmt gewesen sei, zwar nur die Beine und nicht der Oberkörper, aber er hätte halt von zwei Männern die Treppen heraufgetragen werden müssen – – »Pfui!« rief die Gnädigste. »Pardon!« entschuldigte sich Schmitz korrekt und verließ wütend das Abteil.

Woher haben nur diese Deutschen das Geld, als verarmte Nation so zum Vergnügen herumzufahren? fragte er sich verzweifelt vor Wut. Er ging im Gang auf und ab. Hab ich das notwendig, daß ich jetzt so zerknirscht bin? grübelte er zerknirscht. Ja, ich hab das notwendig. Denn was ist der Grund zur größten Wut? Wenn man ein lebendes Wesen an der Ausübung des Geschlechtsverkehrs hindert, das ist halt eine Urwut!

So ging er noch oft auf und ab – plötzlich überraschte er sich dabei, daß er stehengeblieben war und verstohlen in das Abteil glotzte, in welchem sich seine Vollblutpariserin den Inhalt einiger pornographischer Filme erzählen ließ, die natürlich immer auf dasselbe Motiv hinausgingen, ob sie nun auch in einem historischen, kriminellen oder zeitlosen Rahmen spielten. Die gehört schon jenem, dachte er, die hängt ja direkt an seinen Lippen. Er ist ja auch zwanzig Jahr jünger als ich, was soll ich also machen? Die ganze Nacht kann ich wohl nicht da heraußen stehen, ich werd mich also wieder hineinsetzen müssen, die beiden da drinnen sind ja zusammen noch nicht so alt wie ich allein, die haben noch viel vor sich, was ich hinter mir hab, Jugend kennt halt keine Tugend – und wie er so diese beiden Menschen, die sich gefielen, durch die Glastür beobachtete, kamen sie ihm allmählich immer entfernter vor, als lebten sie hundert Jahre später, und mit dieser Distanzierung wandelte sich auch allmählich seine Urwut in ahnungsvolle Erkenntnis ewiger Gesetze, natürlich nicht zuletzt auch infolge seines theoretischen Verständnisses der ganzen geschichtlichen Bewegung. Die beiden jungen Leut da drin bestehen halt auch nur aus einzelnen Zellen, dachte er, aus Zellen, die sich halt schon zu einem grandios organisierten Zellenstaat durchgerungen haben, in dem das Zellenindividuum schon aufgehört hat – und das steht halt jetzt auch unsern menschlichen Staaten bevor, siehe Entwicklung der ebenfalls staatenbildenden Termiten, die akkurat um hundert Millionen Jahre älter sind als wir, wir sind halt grad erst geboren, als wir –, dachte er, und plötzlich mußte er stark gähnen. Jetzt wird's aber höchste Zeit, daß ich mich wieder setz! fuhr er fort.

Er betrat also wieder das Abteil in einer väterlich-verständnisvollen Stimmung, und kaum hatte er sich gesetzt, hörte er den weiblichen Zellenstaat folgendes sagen: »Ja, ich fahr auch nach Barcelona! Nein, das ist aber interessant! Ja, ich bin noch gar nicht orientiert, wo man dort wohnen kann! Nein, Paris ist das Schönste, und was mir besonders dort gefällt, ist das, daß man sich dort elegant kleiden kann, was man bei uns in Duisburg ja kaum mehr kann, weil die Arbeiter so verhetzt sind, und wenn man elegant über die Straße geht, schauen sie einem fanatisch nach.«

»Da haben Sie schon sehr recht«, sagte Kobler.

»Wer? Die Arbeiter?« fragte Schmitz.

»Nein, die Gnädigste«, sagte Kobler.

Hör ich recht? dachte Schmitz.

»Ja, die Juden machen die Arbeiter ganz gehässig«, ließ sich der weibliche Zellenstaat wieder vernehmen. »Nein, ich kann die Juden nicht leiden, sie sind mir zu widerlich sinnlich, überhaupt stecken die Juden überall drinnen! Ja, es ist sehr schad, daß wir kein Militär mehr haben, besonders für diese halbwüchsigen Arbeiter und das Pack! Nein, also diese Linksparteien verwerf ich radikal, weil sie immer wieder das Vaterland verraten. Ja, ich war noch ein Kind, als sie den Erzberger erschossen haben! Nein, und das hat mich schon damals sehr gefreut! Ja!«

»Ich bin auch sehr gegen jede Verständigungspolitik«, antwortete Kobler. Aber nun konnte sich Schmitz nicht mehr zurückhalten. »Was?« unterbrach er ihn und sah ihn stechend an. »Ja«, lächelte Kobler. »Nein!« brüllte Schmitz und verließ entrüstet das Abteil.

Aber diesmal lief ihm Kobler nach. »Sie müssen mich doch verstehen«, sagte er. »Ich versteh Sie nicht!« brüllte Schmitz und zitterte direkt dabei. »Sie sind mir einer! Ah, das ist empörend! Na, das is a Affenschand! Wie könnens denn so daherreden, wo wir jetzt drei Tag lang eigentlich nur über Paneuropa geredet haben!?«

»Im Prinzip haben Sie natürlich recht«, beschwichtigte ihn Kobler. »Aber ich muß doch so reden, weil das doch meine reiche Ägypterin ist, ihr Vater ist mehrfacher Aufsichtsrat und Großindustrieller, das hab ich schon herausbekommen, sie heißt Rigmor Erichsen und wohnt in

Duisburg. Ägypten ist natürlich nur ein Symbol! Und was geht denn übrigens Ihr Paneuropa die Weiber an!?«

»Sehr viel, Herr Kobler! Denken Sie nur mal an den Krieg und die Rolle der Mütter im Krieg! Haben Sie denn schon mal über die Frauenfrage nachgedacht?«

»Die Frauenfrage interessiert mich nicht, mich interessiert nur die Frau!« sagte Kobler ungeduldig und wurde dann sehr ernst. »Übrigens, Herr Schmitz«, fuhr er fort, »möcht ich Sie nur bitten, mich jetzt ruhig emporarbeiten zu lassen; ich hab mir schon einen Plan zurechtgelegt: Ich werd die Dame da drinnen in Barcelona kompromittieren, begleit sie dann nach Duisburg, kompromittier sie dort noch einmal, und dann heirat ich ein in Papas Firma. Und ob diese Dame da drin für Paneuropa ist oder nicht, das kann doch Paneuropa ganz wurscht sein!«

»Auf das reden sich alle naus!« sagte Schmitz und ließ ihn stehen.

20

Sie fuhren bereits durch Montpellier, und Schmitz stand noch immer draußen auf dem Gang, während sich Kobler und Rigmor noch immer über die Marseiller Filme unterhielten und sich dabei menschlich näherkamen.

Und wegen so was ist der arme Alois gefallen! dachte Schmitz deprimiert. Was tat es schon schaden, wenn man diesen Kobler samt seiner Rigmor erschießen tät? Nichts tät das schaden, es tät wahrscheinlich nur was nützen!

»Armer Alois!« seufzte er. »Ist es dir, armer toter Alois, schon aufgefallen, daß der Pazifismus infolge der großen russischen Revolution wieder ein Problem geworden ist? Ich meine, daß der Bolschewismus uns, die wir uns die geistige Schicht nennen, zwingt, unsere Stellungnahme zum Pazifismus einer gründlichen Revision zu unterziehen – denn hätt's keinen Lenin gegeben, war doch der Pazifismus für uns geistige Menschen kein Problem mehr. Er ist es nun plötzlich aber wieder geworden, infolge der Idee des revolutionären Krieges. – Meiner Seel, ich schwank umher, es gibt halt schon sehr schwierige Probleme auf dieser Malefizwelt! Ich sympathisier, ich muß halt immer wieder auf mich persönlich zurückkommen, mit Paneuropa, obwohl ich ja weiß, daß die Sowjets insofern recht haben, daß die paneuropäische Idee jeden Tag aufs neue verfälscht wird von unserer Bourgeoisie, wie halt jede Idee und ich weiß auch, daß wir hier bloß eine Scheinkultur haben, aber ich freu mich halt über den Botticelli! Wenn die Sowjets nur nicht so puritanisch wären –! Meiner Seel, ich bin aus purem Pessimismus manchmal direkt reaktionär! Skeptisch sein ist halt eine Selbstqual – aber was hab ich denn auf der Welt noch zu suchen, wenn mal die Skepsis verboten ist?«

21

Aber noch vor Spanien versöhnte sich Schmitz abermals mit den beiden jungen Menschen, teils weil er draußen im Gang immer schläfriger wurde, teils weil er halt schon überaus gern entsagungsvoll tat. Also konnte er sich nun wieder schön weich setzen und schlummern, jedoch leider nur bis zur spanischen Grenze.

Diese hieß Portbou, und hier mußte man abermals umsteigen, und zwar mitten in der Nacht. Heute hat Kobler nur eine verschlafene Erinnerung an auffallend gekleidete Gendarmen und an einige höfliche Agenten der Exposición de Barcelona 1929, die ihm Prospekte und Kataloge ganz umsonst in die Hand drückten und dabei auf gut deutsch bemerkten, daß die angegebenen Preise natürlich keine Gültigkeit hätten. Schmitz jedoch erinnert sich noch genau, daß der spanische Anschlußzug nur erster und dritter Klasse hatte, da er im Gegensatz zu Kobler, der nachzahlen mußte, weil Rigmor natürlich erster fuhr, als Protest gegen diesen staatlichen Nepp allein in der dritten blieb und hier unhöfliche Gedanken über die spanischen Habsburger hatte.

In Barcelona stiegen sie zusammen in einem Hotel ab, und das war fast ein Wolkenkratzer, ein Spekulationsobjekt in der Nähe der Weltausstellung, das sehr zerbrechlich war – wahrscheinlich brauchte es nur über die Dauer der Weltausstellung zu halten. Es lag in einer breiten, argentinisch anmutenden Straße namens Calle Cortes.

Im Hotelbüro begrüßte sie der Dolmetscher, ein ehemaliger Ölreisender aus Prag. Auch zwei Portiers verbeugten sich vor ihnen. »Die Señorita hat zwei Rohrplattenkoffer, drei größere und vier kleinere Handkoffer«, sagte der Dolmetscher zu den beiden Portiers auf spanisch. »Der ältere Caballero ist sicher ein Redakteur, und der jüngere Caballero ist entweder der Sohn reicher Eltern oder ein Nebbich. Entweder zahlt er alles oder nichts.« Hierauf stritten sich noch die beiden Portiers miteinander, ob sie dem Caballero Schmitz acht oder zehn Peseten abknöpfen sollten – sie einigten sich auf zehn, denn eigentlich war das ja kein Zimmer, sondern eine Kammer ohne Fenster, ohne Schrank, ohne Stuhl, nur mit einem eisernen Bett und einem eisernen Waschtisch.

Daneben war Koblers Zimmer das absolute Appartement. Es hatte sogar zwei Fenster, durch die man die Weltausstellung von hinten sehen konnte. Aber Kobler sah kaum hin, sondern konzentrierte sich ganz auf sich, er zog sich ganz um, wusch und rasierte sich. Sie gehört schon mir! dachte er, während er sich die Zähne putzte. Das ist jetzt nur mehr eine Frage der Gelegenheit, wo und wann ich sie kompromittier. Er war seiner Sache schon sehr sicher. Bereits in Montpellier hatte er sich einen Plan zurechtgelegt, hart und kalt, jede Möglichkeit erwägend und vor keinem sentimentalen Hindernis zurückschreckend, einen fast anatomisch genauen Plan zur Niederwerfung Ägyptens. Was hat doch dieser Schmitz in Milano gesagt? fiel es ihm ein, als er sich kämmte: »Ihr junge Generation habt keine Seele«, hat er gesagt. Quatsch! Was ist das schon, Seele? Er knöpfte sich die Hosen zu. Man muß immer nur ehrlich sein! fuhr er fort. Ehrlich gegen sich selbst, ich weiß ja, daß ich nicht gerade fein bin, denn ich bin halt ehrlich. Ich verschleier mich nicht vor mir, ich kann's schon ertragen, die Dinge so zu sehen, wie sie halt sind!

22

Als endlich auch Rigmor säuberlich geputzt war, gingen sie gleich mal in die Weltausstellung. Also das war sehr imposant.

Rigmor las laut vor aus ihrem Katalog: »Unter dem Schutze S. M. des Königs von Spanien und unter Mitwirkung der Königlichen Spanischen Regierung organisiert die Stadt Barcelona eine große Weltausstellung mit einem Kostenaufwand von hundert Millionen Goldmark.« Hundert Millionen! dachte Schmitz. Also – das ist das nicht wert! Rigmor las weiter: »Barcelona ist die bedeutendste und größte Handels- und Fabrikstadt Spaniens; die Zahl ihrer Einwohner beträgt eine Million, und somit ist dieselbe die größte Stadt des Mittelmeeres.« – »Das Ganze ist halt eine politische Demonstration«, unterbrach sie Schmitz, »damit wir's sehen, daß Spanien aus seiner Lethargie erwacht.« Rigmor las weiter: »Barcelona will durch dieses großartige Unternehmen der Welt den Aufschwung der Stadt und des Landes zeigen. Zweifelsohne dürfte nach dem Weltkriege von keinem Lande eine in so großzügiger Weise angelegte Ausstellung organisiert worden sein, wozu sich die Stadt Barcelona veranlaßt gefühlt hat, von dem Wunsche beseelt, sich die vielseitigen und dauernden Fortschritte der Neuzeit anzueignen.« – »Voilà!« sagte Schmitz.

Zuerst betraten sie den Autopalast, in dem es nur Autos gab. Vor einem Kabriolett mit Notsitz mußte Kobler plötzlich an den Herrn Portschinger aus Rosenheim denken – Und so ist es auch mit dieser ganzen Politik, dachte er, der eine verkauft dem andern ein Kabriolett, Deutschland, Frankreich, Spanien, England, und was weiß ich alle kaufen sich gegenseitig ihre Kabriolette ab. Ja, wenn das alles streng reell vor sich ging, dann wär das ein ideales Paneuropa, aber zur Zeit werden wir Deutschen von den übrigen Nationen bloß betrogen, genau so, wie ich den Portschinger betrogen hab. In dieser Weise läßt sich Paneuropa nicht realisieren. Das ist kein richtiger Geist von Locarno!

Und im Palast des Königlich Spanischen Kriegsministeriums dachte Kobler weiter: Wenn halt Deutschland auch noch so eine Armee hätt mit solchen Kanonen, Tanks und U-Boot-Geschwadern, dann könnten wir freilich leicht unsere alte Vormachtstellung zurückerobern, und dann könnten wir Deutschen leicht der ganzen Welt unsere alten Kabriolette verkaufen, à la Portschinger! Das wär ja entschieden das günstigste, aber so ohne Waffen gehört das halt leider in das Reich der Utopie. Am End hat halt dieser Schmitz doch wahrscheinlich recht mit seiner paneuropäischen Idee!

Und dann betraten sie den Flugzeugpalast, in dem es nur Flugzeuge gab. Dann den Seidenpalast, in dem es nur Seide gab, was Rigmor sehr angriff. Und dann auch den italienischen Palast, in dem es eigentlich nur den Mussolini gab. Hierauf den rumänischen, den schwedischen und hinter dem Stadion den Meridionalpalast, in dem es allerhand gab. Und dann betraten sie den riesigen spanischen Nationalpalast, in dem es eigentlich nichts gab – nur einen leeren Saal für zwanzigtausend Personen – »in wilhelminischem Stil«, konstatierte Schmitz. »Und langweilige Ölbilder«, meinte Kobler. »Ich möchte jetzt aber endlich in den Missionspalast!« begehrte Rigmor auf.

Der Missionspalast war sehr interessant, nämlich das war eine original vatikanische Ausstellung. Man mußte extra Eintritt zahlen, aber außerdem wurde man auch noch in sinniger Weise auf Schritt und Tritt angebettelt, wie dies halt bei allen Vertretern des Jenseits üblich ist. Aber man konnte auch was sehen für sein Geld, nämlich was die Missionäre von den armen Primitiven zusammengestohlen und herausgeschwindelt hatten ad maiorem bürgerlicher Produktionsweise gloriam.

Nach dieser heiligen Schau fuhren sie mit einem Autobus nach dem Restaurant Miramare auf dem Mont Juich mit prachtvoller Aussicht auf Stadt und Meer. Das war ein sehr vornehmes Etablissement, und Rigmor schien sich wie zu Haus zu fühlen. Schmitz dagegen schien es peinlich, daß ihm gleich vier Kellner den Stuhl unter den Hintern schieben wollten, und Kobler wurde direkt blaß, als er die Preise auf der Speisekarte erblickte. »Im Katalog steht«, sagte Rigmor, »daß nach der Legende hier jener Ort gewesen sein soll, wohin Satan den Herrn geführt hatte, als er ihn mit den Herrlichkeiten der Erde verführen wollte.« Jedoch Kobler gab ihr keine Antwort, sondern dachte etwas sehr Unhöfliches, und Schmitz erriet, was er dachte, und sagte bloß: »Bestellen Sie, was Sie wollen!«

In diesem himmlischen Etablissement ließen sich außer ihnen noch etwa zwölf vornehme Gäste neppen, denn es war ja auch zu schön. Am Horizont grüßten die Berge der Gralsburg herüber, und links unten grüßte aus dem Trubel der Großstadt die Säule des Kolumbus empor – und wenn man gerade Lust hatte, konnte man auch zusehen, wie emsig im Hafen gearbeitet wurde. Und all diese arbeitenden Menschen, tausend und aber tausend, wurden, von hier oben gesehen, unwahrscheinlich winzig, als wäre man schon der liebe Gott persönlich.

Als es dämmerte, wollte Rigmor mal unter allen Umständen mit der Achterbahn fahren. Also wandten sich die drei Herrschaften dem Vergnügungspark zu, sie schritten durch einen lachenden Park, den die Kunst der Gärtner, begünstigt durch das milde Klima, hatte entstehen lassen. Rasch wurde es Nacht. Und durch die fast exotischen Büsche sahen die drei Herrschaften in der Ferne vor dem Nationalpalast die herrlichen Wasserspiele, und das waren nun tatsächlich Fortschritte der Neuzeit. Vor den Toren der Weltausstellung stand das Volk, das den Eintritt nicht zahlen konnte, und sah also von draußen diesen Fortschritten zu, aber es wurde immer wieder von der Polizei vertrieben, weil es den Autos im Wege stand.

23

Was ist in Spanien das spanischste? Natürlich der Stierkampf, auf spanisch: Corrida de toros – besonders Rigmor konnte ihn kaum mehr erwarten.

Die Stierkampfarena hatte riesige Dimensionen, und sie war noch größer, wenn man bedenkt, daß allein Barcelona drei solch gigantische Arenen besitzt. Trotzdem war alles ausverkauft, es dürften ungefähr zwanzigtausend Menschen dabeigewesen sein, und Schmitz erhielt nur mehr im Schleichhandel drei Karten im Schatten.

Die Spanier sind eine edle Nation und schreiten gern gemessen einher mit ihren nationalen Bauchbinden und angenehmen weißen Schuhen. Sogar auf den Toiletten steht »Ritter« statt »Herren«, so stolz sind die

Spanier. Fast jeder scheint sein eigener Don Quichotte oder Sancho Pansa zu sein.

Gleich neben dem Hauptportal erblickte Schmitz die Stierkampfmetzgerei, hier wurden die Stierleichen von gestern als Schnitzel verkauft. Ein großes Polizeiaufgebot sorgte für Ruhe und Ordnung.

Drinnen in der Arena musizierte eine starke Kapelle, und der feierliche Einzug der Herren Stierkämpfer begann pünktlich. »Sie werden da etwas prachtvoll Historisches erleben«, erinnerte sich Kobler an die Worte des Renaissancemenschen von Verona. Und das war nun auch ein farbenprächtiges Bild. Die Herren Stierkämpfer traten vor das Präsidium in der Ehrenloge und begrüßten es streng zeremoniell.

Und dann kam der Stier, ein kleiner schwarzer andalusischer Stier. Er war schon jetzt wütend, denn in seinem Rücken stak bereits ein Messer, und das war programmgemäß. In der Arena standen jetzt nur drei Herren mit roten Mänteln und ohne Waffen. Geblendet durch die plötzliche Sonne, hielt der Stier einen Augenblick, dann entdeckte er die roten Mäntel und stürzte drauflos, aber graziös wichen die Herren dem plumpen Tier aus. Großer Beifall. Auch Rigmor und Kobler applaudierten – da lauschte der Stier. Es schien, als fasse er es erst jetzt, daß ihm was Böses bevorsteht. Langsam wandte er sich seinem dunklen Zwinger zu, wurde aber wieder zurückgetrieben. Nun ritt ein Herr in die Arena, sein Pferd mußte von zwei Herren geführt werden, denn es war blind, ein alter, dürrer Klepper, ergraut in der Sklaverei. Der Herr auf dem Klepper hatte eine lange Lanze, und der Stier wurde mit allerhand Kniffen auf den Klepper gehetzt, der sehr zitterte. Endlich war er so nahe, daß ihm der Herr mit aller Gewalt die Lanze in den Rücken treiben konnte, und zwar in eine besonders empfindliche Partie. Natürlich überrannte nun der Stier den Klepper, und natürlich liefen die Herren davon. Auch der verzweifelte blinde Klepper suchte zu fliehen, aber der Stier zerriß ihm den Bauch, womit der Stier in der Gunst des Publikums beträchtlich zu steigen schien, denn sie taten sehr begeistert. Endlich ließ er von dem Klepper ab, worauf einige Herren dem Sterbenden Sand in die Bauchhöhle schaufelten, damit sein Blut die Arena nicht beschmutze. Nun betraten drei andere Herren die Arena, und jeder hatte in jeder Hand eine kurze Lanze, die oben mit bunten Bändern und unten mit Widerhaken verziert war. Die Herren stachen sie dem Stier in den Nacken, je zwei auf einmal, und das mußte dem Stier grauenhaft weh tun, denn er ging jedesmal trotz seiner Schwerfälligkeit mit allen vieren in die Luft, wand und krümmte sich, aber er konnte die Lanzen nicht abschütteln wegen ihrer überlegt konstruierten Widerhaken. Seine grotesken Bewegungen riefen wahre Lachsalven hervor. Großer Applaus – und plötzlich stand ein Herr allein in der Arena. Das war der oberste Stierkämpfer, der Matador. Er hatte ein grellrotes Tuch und darunter versteckt ein Schwert, mit dem er seinem Stier den Todesstoß versetzen mußte, er war also endlich der Tod persönlich. Dieser Tod hatte sehr selbstbewußte Bewegungen, denn er war ein Liebling des Publikums. Sicher näherte er sich seinem Opfer, aber das Tier griff ihn nicht an, es war halt schon sehr geschwächt durch den starken Blutverlust und all die Qual. Jetzt sah es den Tod sich nähern, jetzt wurde ihm bange. Der Matador hielt knapp vor ihm, aber das Tier ließ ihn stehen und wankte langsam wieder seinem Zwinger zu, doch das Publikum pfiff und verhöhnte es, weil es mit dem Tod nicht kämpfen wollte – mit einer eleganten Bewegung entblößte der Matador sein Schwert, und die Zwanzigtausend verstummten erwartungsvoll. Und in dieser gespannten Stille hörte man plötzlich jemand weinen – das war der Stier, traurig und arm. Aber unerbittlich näherte sich ihm der Tod und schlug ihm mit seinem Tuch scharf über die verweinten Augen – da riß sich das Tier noch mal zusammen und rannte in das Schwert. Aus seinem Maule sprang sein Blut, es wankte und brach groß zusammen mit einem furchtbar vorwurfsvollen Blick.

Nun geriet aber das Publikum ganz in Ekstase, hundert Strohhüte flogen dem Tod zu. Schmitz war empört. »Das ist ja der reinste Lustmord!« entrüstete er sich. »Diese Spanier begeilen sich ja an dem Todeskampf eines edlen, nützlichen Tieres! Höchste Zeit, daß ich meinen Artikel gegen die Vivisektion schreib! Recht geschieht's uns, daß wir den Weltkrieg gehabt haben, was sind wir doch für Bestien! Na, das ist ja widerlich, da sollt aber der Völkerbund einschreiten!« Aber auf Kobler wirkte der Stierkampf wieder ganz anders. So ein Torero ist ein sehr angesehener Mann und ein rentabler Beruf, dachte er. Es ist ja natürlich eine Schweinerei, aber er wird ja sogar vom König empfangen, und alle Weiber laufen ihm nach! Und auf Rigmor wirkte der Stierkampf wieder anders: Sie hatte eine nervöse Angst, daß einem der Herren Stierkämpfer was zustoßen könnte – sie konnte kaum hinsehen, als wäre sie auch ein armes, verfolgtes Tier, immer öfter sah sie infolgedessen Kobler an, um nicht hinabsehen zu müssen, und kam dabei auf ganz andere Gedanken. »Möchten Sie, daß ich Torero wär?« fragte er. »Nein!« rief sie ängstlich, aber dann lächelte sie plötzlich graziös und schmiegte sich noch mehr an ihn, denn es fiel ihr was Ungehöriges ein.

24

Am nächsten Morgen saß Schmitz bereits um sieben Uhr beim Morgenkaffee, und während er frühstückte, schrieb er einen Artikel gegen die Vivisektion und einen anderen Artikel für Paneuropa – es sah aber aus, als täte er an was ganz anderes denken, während er schrieb, so groß war seine Routine.

Als Kobler ihm guten Morgen wünschte, hatte er den zweiten Artikel noch nicht ganz beendet. »Ich arbeit grad an der Völkerverständigung«, begrüßte ihn Schmitz, »ich bin gleich fertig damit!«

»Lassen Sie sich nur ja nicht aufhalten«, sagte Kobler und setzte sich. Plötzlich meinte er so nebenbei: »Wenn's nur nach der Vernunft ging, dann könnt man sich ja leicht verständigen, aber es spielen da noch einige Gefühlsmomente eine Rolle, und zwar eine entscheidende Rolle!«

Schmitz sah ihn überrascht an.

Wo hat der das her? dachte er. Ich hab ihn anscheinend unterschätzt. Und laut fügte er hinzu: »Natürlich! Wir Verstandesmenschen sind bereits alle für die Verständigung, jetzt wird die Agitation in die große Masse der Gefühlsmenschen hineingetragen – das sind jene, die den historischen Prozeß weder analysieren noch kapieren können, weil sie halt nicht denken können. Auf diese kommt's an, da habens natürlich recht, lieber Herr!«

»Trotzdem!« antwortete Kobler.

»Wieso?« fragte Schmitz höchst interessiert.

»Wenn ich jetzt an Polen denk, speziell an den polnischen Korridor«, meinte Kobler düster, »so kann ich halt kein Friedensgefühl aufbringen, da streikt das Herz, obwohl ich mit dem Verstand absolut nichts gegen Paneuropa hätt. So, aber jetzt reden wir von was Interessanterem!« – und er teilte Schmitz mit, daß er die soeben verflossene Nacht mit Rigmor verbracht hätte. »Sie können mir unberufen gratulieren!« sagte er und sah recht boshaft aus. »Ich hab halt die richtige Taktik gehabt, und sie ist sehr temperamentvoll!«

»Also das hab ich bis zu mir herübergehört«, winkte Schmitz ab. »Aber über mir waren welche, die waren anscheinend noch temperamentvoller, weil mir der ganze Mörtel vom Plafond ins Gsicht gfallen ist. Der Dolmetscher sagt mir grad, das sei ein Herr von Stingl und eine italienische Komteß. Aber auf das Körperliche allein kommt's ja bekanntlich nicht an; hat sie sich denn überhaupt in Sie ernstlich verliebt? Ich mein – mit der Seele?«

»Ich bin meiner Sache sicher!« triumphierte Kobler.

»Herr Alfons Kobler«, sagte Schmitz und betonte feierlich jede Silbe, »glaubens mir, das Weib ist halt doch noch eine Sphinx, trotz der Psychoanalyse!« Und dann fügte er rasch hinzu: »Jetzt müssens mich aber entschuldigen, ich hab nur noch rasch was fürs Feuilleton zu tun.« Er schrieb: »*Die kleine Rigmor läuft mir nach.* Eine humoristische Schnurre von unserem Sonderkorrespondenten R. Schmitz (Barcelona). Motto: Und grüß mich nicht Unter den Linden!«

25

Der Sonderkorrespondent schrieb gerade: »– nur Interesses halber folgte ich meiner rassigen Partnerin, denn ich bin mit Leib und Seele Literat« – da betrat der Dolmetscher rasch das Lokal und bat Kobler, er möge sofort ins Konversationszimmer kommen, denn dort würde die Señorita auf ihn warten. »Warum denn dort, warum nicht hier?« fragte Kobler und war sehr überrascht. »Woher soll ich das wissen?« meinte der Dolmetscher. »Ich kann Ihnen nur sagen, daß die Señorita sehr nervös ist.« Jetzt kommt die Sphinx, dachte Schmitz, und Kobler tat ihm plötzlich leid, trotz der geweissagten Sphinx.

Im Konversationszimmer ging Rigmor auf und ab, sie war tatsächlich sehr nervös, und ihr Rock hatte eine interessante unregelmäßige Linie. Als sie Kobler erblickte, ging sie rasch auf ihn zu und drückte ihm einen Kuß auf die Stirne. Was soll das? dachte Kobler und wurde direkt unsicher. »Wie geht's?« fragte er sie mechanisch. »Sag, ob du mir verzeihen kannst?« fragte sie und sah dabei sehr geschmerzt aus. Es wird ihr doch nichts fehlen? dachte er mißtrauisch, und dann fragte er sie: »Was soll ich dir denn verzeihen, Kind?« Aber da fing sie an zu weinen, und das tat sie vor lauter Nervosität. »Ich kann dir doch alles verzeihen«, tröstete er sie, »das bist du mir schon wert!«

Sie trocknete sich die Tränen und putzte sich die Nase mit einem derart winzigen Taschentuch, daß sich Kobler unwillkürlich darüber Gedanken machte. Dann zog sie ihn zu sich hinab und wurde ganz monoton. Es sei gerade vor einer halben Stunde was Unerwartetes passiert, beichtete sie, und dies Unerwartete sei ein Telegramm gewesen, und zwar aus Avignon. Der Absender des Telegramms sei ein Herr, und zwar ein gewisser Alfred Kaufmann aus Milwaukee, ein Kunstmaler und amerikanischer Millionär. Der Millionär hätte aber wegen seiner Hemmungen nicht künstlerisch genug malen können, und deshalb wäre er nach Zürich gefahren, um seine Libido kurieren zu lassen, und er hätt sie mindestens vier Wochen lang kurieren lassen wollen, aber anscheinend sei er nun unerwartet rasch mit seiner Libido in Ordnung gekommen. So würde er nun statt in vierzehn Tagen bereits heute früh unerwartet in Barcelona ankommen, und zwar könnte er jeden Moment hier im Hotel eintreffen, und das wäre ihr ganz entsetzlich grauenhaft peinlich, denn dieser Amerikaner sei ja ihr offizieller Bräutigam, ein sympathischer Mensch, aber trotzdem hätte sie lieber was mit einem Deutschen.

Und dann weinte sie wieder ein bißchen, sie hätte sich jetzt schon so sehr gefreut auf diese vierzehn liebverlebten Tage mit ihm (Kobler), aber sie müsse halt den Mister Kaufmann heiraten, schon wegen ihres Papas, der dringend amerikanisches Kapital benötige, trotz der Größe seiner Firma, aber Deutschland sei eben ein armes Land, und besonders unter der Sozialversicherung litte ihr Papa unsagbar.

Kobler war ganz weg. Da sah er sich nun seine Schlacht verlieren, und zwar eine Entscheidungsschlacht. Die USA kamen über das Meer und schlugen ihn, schlugen ihn vernichtend mit ihrer rohen Übermacht, trotz seiner überlegenen Taktik und kongenialen Strategie. Das ist gar kein Kunststück! dachte er wütend, da erschienen USA persönlich im Konversationszimmer.

Das war ein Herr mit noch breiteren Schultern, und Kobler lächelte bloß sauer, obwohl er Rigmor gerade grob antworten wollte. »Hallo, Rigmor!« rief der Herr und umarmte sie in seiner albernen amerikanischen Art. »Der Professor sagt, ich bin gesund und kann sofort künstlerisch malen, wir fahren noch heut nach Sevilla und dann nach Athen! Wer ist dieser Mister?«

Rigmor stellte vor. »Ein Jugendfreund aus Deutschland«, log sie. Der Amerikaner fixierte Kobler kameradschaftlich. »Sie sind auch Maler?« fragte er. »Ich hab nichts mit der Kunst zu tun!« verwahrte sich Kobler, und es lag eine tiefe Verachtung in seiner Stimme. »Was macht Deutschland?« fragte der Amerikaner. »Es geht uns sehr schlecht«, antwortete Kobler mürrisch, aber der Amerikaner ließ nicht locker. »Wie denken Sie über Deutschland?« fragte er. »Wie denken Sie über Kunst? Wie denken Sie über Liebe? Wie denken Sie über Gott?«

Kobler sagte, heut könne er überhaupt nichts denken, nämlich er hätte fürchterliche Kopfschmerzen. Und als er die Tür hinter sich zumachte, hörte er noch Rigmor sagen: »Er ist ein sympathischer Mensch!«

26

Noch am selben Tage fuhr Kobler wieder nach Haus, und zwar ohne Unterbrechung. Er wollte eben nichts mehr sehen. »Jetzt hab ich fast meine ganzen Sechshundert ausgegeben, und für was? Für einen großen Dreck!«, so lamentierte er. »Jetzt komm ich dann wieder zurück, und was erwartet mich dort? Lauter Sorgen!« Er war schon sehr deprimiert. Schmitz, der ihn väterlich an die Bahn begleitet hatte, versuchte ihn zu trösten: »Mit Amerika kann man halt nicht konkurrieren!« konstatierte er düster.

Und dann setzte er ihm noch rasch auseinander, daß er sich an seiner (Koblers) Stelle eigentlich nicht beklagen würde, denn er (Kobler) hätte ja nun sein ehrlich erworbenes Geld nicht nur für einen großen Dreck ausgegeben, sondern er wäre ja jetzt auch um eine bedeutsame Erfahrung reicher geworden, und er würde es wahrscheinlich erst später merken, was das für ein tiefes Erlebnis gewesen sei, ein Erlebnis, das ganz dazu angetan wäre, jemanden total umzumodeln. Nämlich er hätte doch soeben den schlagenden Beweis für Amerikas brutale Vorherrschaft erhalten, am eigenen Leibe hätte er nun diese unheilvolle Hegemonie verspürt.

»Und nun«, fuhr er fort und zwinkerte, »nun wird sich vielleicht auch Ihr Gefühl umstellen, nachdem Sie ja mit dem Verstand nichts gegen Paneuropa haben, wie Sie es mir heute früh erklärt haben. Große Wirkungen haben halt kleine Ursachen, und auch die größten Ideen …« – so warb Schmitz um Koblers Seele. Und dann vertraute er ihm an, daß er persönlich sich niemals für eine Amerikanerin interessieren könnte. Er wollte ihm auch noch einiges über den Völkerbund sagen, doch da fuhr der Zug ab. »Sie fahren doch über Genf?« rief er ihm nach. »Also grüßen Sie mir in Genf den Mont Blanc!«

Kobler fuhr über Genf, aber den Mont Blanc konnte er nicht grüßen, denn es war gerade Nacht.

Auch hatte er jetzt das Pech, bis zur deutschen Grenze keinen Mitreisenden zu treffen, der Deutsch sprach, also konnte er sich nicht ablenken und mußte allein sein. Und dieses Alleinseinmüssen plus endloser Fahrt bewirkten es, daß sich die Gestalt Rigmors seltsam auswuchs. Sie nahm direkt politische Formen an, diese Braut, in deren Papas Firma er nicht einheiraten durfte, weil Papa unbedingt nordamerikanisches Kapital zum Dahinvegetieren benötigt – diese verarmte Europäerin, die sich nach Übersee verkaufen muß, wurde allmählich zu einem deprimierenden Symbol. Über Europa fiel der Schatten des Misters A. Kaufmann mit der unordentlichen Libido. Kobler war sehr erbittert. Und als er endlich wieder deutsche Erde betrat, hegte er bereits einen innigen Groll gegen alle europäischen Grenzen. Noch in der deutschen Grenzstation kaufte er sich alle vorhandenen französischen, englischen und italienischen Zeitungen, obwohl er sie nicht lesen konnte – aber es war halt demonstrativ.

Er konnte es kaum mehr erwarten, jemand zu treffen, der Deutsch verstand. Aber der Zug war ziemlich leer, und obendrein ergab sich keinerlei Gelegenheit, mit einem der Reisenden in ein politisches Gespräch zu kommen.

Erst knapp vor München konnte er endlich einem älteren Herrn seine Gefühle und Gründe für einen unbedingt und möglichst bald zu erfolgenden Zusammenschluß Europas darlegen, besonders auf wirtschaftlichem Gebiet, nicht zuletzt auch infolge der bolschewistischen Gefahr – aber der Herr unterbrach ihn spöttisch: »Auch ich war mal Europäer, junger Mann! Aber jetzt ...«, und nun brach nationalistischer Schlamm aus seinem Maul hervor par excellence.

Nämlich um die Jahrhundertwende hatte dieser Herr eine pikante Französin aus Metz geheiratet, die aber schon knapp vor dem Weltkrieg so bedenklich in die Breite zu gehen begann, daß er anfing, sich vor der romanischen Rasse zu ekeln. Es war keine glückliche Ehe. Er war ein richtiger Haustyrann, und sie freute sich heimlich über den Versailler Vertrag.

»Soweit ich die Franzosen kenne«, schrie er nun Kobler an, »werden sie niemals das Rheinland räumen! Freiwillig nie, es sei denn, wir zwingen sie mit Gewalt! Oder glauben Sie denn, daß das so weitergeht?! Sehen Sie denn nicht, daß wir einem neuen europäischen Weltbrand entgegentaumeln?! Wissen Sie denn nicht, was das heißt: Amanullah und Habibullah?! Denken Sie nur mal an Abd el-Krim! Und was macht denn dort hinten der christliche General Feng?!« Er war ganz fanatisiert: »Oh, ich kenne die Franzosen!« brüllte er. »Jeder Franzose und jede Französin gehören vergast! Ich mach auch vor den Weibern nicht halt, ich nicht! Oder glauben Sie gar an Paneuropa?!«

»Ich hab jetzt keine Zeit für Ihre Blödheiten!« antwortete Kobler und verließ verstimmt das Abteil. Er war sogar direkt gekränkt.

Draußen im Gang entdeckte er einen freundlichen Herrn, der stand dort am Fenster. Kobler näherte sich ihm, und der Herr schien einem Diskurs nicht abgeneigt zu sein, denn er fing gleich von selber an, und zwar über das schöne Wetter. Aber Kobler ließ ihn nicht ausreden, sondern erklärte ihm sofort kategorisch, er sei ein absoluter Paneuropäer, und dies klang fast kriegerisch.

Der Herr hörte ihm andächtig zu, und dann meinte er, Barcelona sei sehr schön, er kenne es zwar leider nicht, nämlich er kenne nur jene europäischen Länder, die mit uns Krieg geführt hätten, außer Großbritannien und Portugal, also fast ganz Europa. Es sei allerdings höchste Zeit, sagte der Herr, daß sich dieses ganze Europa endlich verständige, trotz aller historischen Blödheiten und feindseliger Gefühlsduseleien, die immer wieder die Atmosphäre zwischen den Völkern vergiften würden, wie zum Beispiel zwischen Bayern und Preußen. Zwar wäre das Paneuropa, das heute angestrebt würde, noch keineswegs das richtige, aber es würde doch eine Plattform sein, auf der sich das richtige Paneuropa entwickeln könnte.

Bei dem Worte »richtig« lächelte der Herr ganz besonders sonderbar, und dann meinte er, mit diesem Wort stünde es akkurat so wie mit dem Ausdruck »sozialer Aufstieg«. Nämlich auch diesen Ausdruck wäre man häufig gezwungen zu gebrauchen statt »Befreiung des Proletariats«. – Und wieder lächelte der Herr so sonderbar, daß es dem Kobler ganz spanisch zumut wurde.

Jetzt kam München.

Der Herr hatte sich bereits höflich empfohlen, und also konnte es Kobler nicht mehr herauskriegen, wer und was dieser Herr eigentlich war.

Zweiter Teil

Fräulein Pollinger wird praktisch

Nur wer sich wandelt, bleibt
mit mir verwandt.

1

Während der Herr Kobler verreist war, ereignete sich in der Schellingstraße nur das Übliche. Das Leben ging seine mehr oder weniger sauberen Wege, und allen seinen Bekannten stieß nichts Aufregendes zu, allerdings mit einer Ausnahme, aber Ausnahmen bestätigen bekanntlich die Regel.

Diese Ausnahme bildete das Fräulein Anna Pollinger, nämlich sie wurde aus heiterstem Himmel heraus plötzlich arbeitslos, und zwar total ohne ihre Schuld. Sie verlor ihre Stelle in der Kraftwagenvermietung infolge der katastrophalen Konjunktur. Diese Firma brach im wahren Sinn des Wortes über Nacht zusammen, von einem Dienstag zu einem Mittwoch. Am Mittwoch mittag standen daher zwounddreißig Arbeitnehmer auf der Straße, und auch der Arbeitgeber persönlich war nun bettelarm, denn teils hatten die räuberischen Zinsen und Wechsel seine Substanz vertilgt, und teils hatte er die größere Hälfte dieser Substanz noch rechtzeitig auf den Namen seiner Frau umgeschrieben.

Auch Anna erhielt nun ein weißes Kuvert; sie öffnete es und las:

Zeugnis

Fräulein Anna Pollinger war vom 1. III. 29 bis 27. IX. 29 in der Kraftwagenvermietung »National« als Büromädchen tätig und bewährte sich selbe als ehrlich, fleißig und pflichtbewußt. Fräulein Pollinger scheidet aus infolge Liquidation der Firma. Auch unsere Firma wurde ein Opfer der deutschen Not. Andernfalls würden wir Fräulein Pollinger nicht gerne ziehen lassen und wünschen ihr alles Gute für ihr ferneres Leben.

Kraftwagenvermietung »National«

gez. Lindt

2

Anna wohnte bei ihrer Tante, denn sie hatte keine Eltern mehr. Aber das fiel ihr nur manchmal auf, denn ihren Vater hatte sie eigentlich nie gesehen, weil er ihre Mutter schon sehr bald verlassen hatte. Und mit ihrer Mutter konnte sie sich nie so recht vertragen, weil halt die Mutter sehr verbittert war über die schlechte Welt. Noch als Anna ganz klein war, verbot es ihr die Mutter immer boshafter, daß sie ihrer Puppe was vorsingt. Die Mutter hatte keine Lieder und war also ein böser Mensch. Sie gönnte keiner Seele was und auch ihrer eigenen Tochter nichts. Knapp nach dem Weltkriege starb sie an der Kopfgrippe, aber Anna konnte beim besten Willen nicht so richtig traurig sein, obwohl es ein sehr trauriger Herbsttag war.

Von da ab wohnte sie bei ihrer Tante in der Schellingstraße, nicht dort, wo sie bei der Ludwigskirche so vornehm beginnt, sondern dort, wo sie aufhört. Dort vermietete die Tante im vierten Stock zwei Zimmer und führte parterre das Geschäft ihres seligen Mannes weiter, und das war kaum größer als eine Kammer. Darüber stand »Antiquariat«, und in der Auslage gab es zerrissene Zeitschriften und verstaubte Aktpostkarten.

Das eine Zimmer hatte die Tante an einen gewissen Herrn Kastner vermietet, das andere stand augenblicklich unvermietet, denn es war verwanzt. In diesem Zimmer konnte nun Anna vorübergehend schlafen statt bei der Tante in der Küche. Die Wanzen hatte der Herr Kastner gebracht, aber man konnte ihm nichts nachweisen, denn er war sehr raffiniert.

Als nun Anna mit ihrem Zeugnis nach Hause kam, schimpfte die Tante ganz fürchterlich über diese ganze Nachkriegszeit und wollte Anna hinausschmeißen. Aber das war natürlich nicht ernst zu nehmen, denn die Tante hatte ein gutes Herz, und ihr ewiges Geschimpfe war nur eine Schwäche von ihr. Anna war ja schon oft arbeitslos, und das letztemal gleich acht Wochen lang. Das war im vorigen Winter, und damals sagte der Herr Kastner zur Tante: »Ich höre, daß Ihre liebe Nichte arbeitslos ist. Ich habe beste Beziehungen zum Film, und es hängt also lediglich von Ihrer lieben arbeitslosen Nichte ab.«

Das mit dem Film war natürlich gelogen, denn der Herr Kastner hatte ganz andere Dinge im Kopf. Zum Beispiel ist er im August mit ihr ins Kino gegangen. Man hat den Film »Zehn Tage, die die Welt erschütterten« gegeben, und der Kastner hat sie dabei immer abgreifen wollen, aber sie hat sich sehr gewehrt, weil es ihr vor seinen Stiftzähnen gegraust hat. Der Kastner ist nachher sehr empört gewesen und hat sie gefragt, wie sie wohl darüber denke, daß man ein Fräulein in einen Großfilm einladet und dann »nicht mal das?!« – Aber acht Tage später hat er sie schon wieder freundlich gegrüßt, denn er hatte inzwischen eine Kassiererin aus Augsburg gefunden, die ihm zu Willen gewesen ist.

3

An diesem Abend ging Anna sehr bald zu Bett, und schon während sie sich auszog, hörte sie, daß nebenan der Kastner ausnahmsweise zu Hause geblieben ist. Er sprach mit sich selbst, als täte er etwas auswendig lernen, aber sie konnte kein Wort verstehen. Plötzlich verließ der Kastner sein Zimmer und hielt vor ihrer Tür. Dann trat er ein, ohne anzuklopfen.

Er stellte sich vor sie hin wie vor eine Auslage. Er hatte seine moderne Hose an, war in Hemdsärmeln und roch nach süßlicher Rasierseife.

Sie hatte sich im Bette emporgesetzt und konnte sich diesen Besuch nicht erklären, denn der Kastner schnitt ein seltsam offizielles Gesicht, als wollte er gar nichts von ihr. »Gnädiges Fräulein!« verbeugte er sich ironisch. »Honni soit qui mal y pense!«

Der Kastner sprach sehr gewählt, denn eigentlich wollte er Journalist werden, jedoch damals war seine Mutter anderer Meinung. Sie hatte nämlich viel mit den Zähnen zu tun und konstatierte: »Die Zahntechniker sind die Wohltäter der Menschheit. Ich will, daß mein Sohn ein Wohltäter wird!« Er hing sehr an seiner Mutter und wurde also ein Zahntechniker, aber leider kein Wohltäter, denn er hatte bloß Phantasie statt Präzision. Es war sein Glück, daß kurz nach Eröffnung seiner Praxis der Krieg ausbrach. Er stellte sich freiwillig und wurde Militärzahntechniker. Nach dem Waffenstillstand fragte er sich: Bin ich ein Wohltäter? Nein, ich bin kein Wohltäter. Ich bin die typische Bohemenatur, und so eine Natur gehört auf den leichtlebigen Montmartre und nicht in die Morgue. Er wollte wieder Journalist werden, aber er landete beim Film, denn er hatte ein gutes konservatives Profil und kannte einen Hilfsregisseur. Er statierte und spielte sogar eine kleine Rolle in dem Film »Der bethlehemitische Kindermord, oder Ehre sei Gott in der Höhe«. Der Film lief nirgends, hingegen flog er aus dem Glashaus, weil er eine minderjährige Statistin, die ein bethlehemitisches Kind verkörperte, nackt fotografierte.

Nun schritt er vor Annas Bette auf und ab und bildete sich etwas ein auf seine Dialektik. Er hörte sich gerne selbst, fühlte sich in Form und legte daher los wie ein schlechtes Feuilleton.

Zuerst setzte er ihr auseinander, daß es unnahbare Frauen nur in den Märchen und Sagen oder in Irrenhäusern gebe, nämlich er hätte sich mit all diesen Problemen beschäftigt, »er spreche hier aus eigener, aus sexualer und sexualethischer Neugier gesammelter Erfahrung«. So hätte er auch sofort erkannt, daß sie (Anna) keine kalte Schönheit sei, sondern ein tiefes stilles Wasser –

»Was geht denn das Sie an?« unterbrach ihn Anna auffallend sachlich, denn sie gönnte es ihm, daß er sich wieder mal über sie zu ärgern schien. Sie gähnte sogar.

»Mich persönlich geht das natürlich nichts an«, antwortete der Kastner und tat plötzlich sehr schlicht. »Ich dachte ja nur an Ihre Zukunft, Fräulein Pollinger!«

Zukunft! Da stand es nun wieder vor ihr, setzte sich auf den Bettrand und strickte Strümpfe. Das war ein altes, verhutzeltes Weiblein und sah der Tante ähnlich, nur daß es noch älter war, noch schmutziger und verschlagener – »Ich stricke, ich stricke«, nickte die Zukunft, »ich stricke Strümpfe für Anna!« Und Anna schrie: »So lassens mich doch! Was wollens denn von mir?!« – »Ich persönlich will nichts von Ihnen!« verwahrte sich der Kastner feierlich, und die Zukunft sah sie lauernd an. –

Anna hatte keine Worte mehr, und der Kastner lächelte zufrieden, denn plötzlich ist es ihm aufgefallen, daß er auch Talent zum Tierbändiger hätte. Und er fixierte Anna, als wäre sie zumindest eine Seehündin. Er hätte sie zu gerne gezwungen, eine Kugel auf der Nase zu balancieren. Er hörte bereits den Applaus und überraschte sich dabei, daß er sich verbeugen wollte. »Was war denn das?!« fuhr er sich entsetzt an, floh aus dem Zirkus, der plötzlich brannte, und knarrte los: »Zur Sache, Fräulein Pollinger! Was Sie nämlich in erotischer Hinsicht treiben, das läßt sich nicht mehr mit ansehen! Nun sind Sie wieder mal arbeitslos, trotzdem hängen Sie sich ständig an Elemente wie an diesen famosen Herrn Kobler –« – »Ich häng mich an gar niemand!« protestierte sie heftig. »So war das ja nicht gemeint!« beruhigte er sie. »Mir müssen Sie nicht erzählen, daß Sie nicht lieben können, Fräulein! Sie können sich zwar mit jedem Kobler einlassen, aber wie Sie mal fühlen, daß Sie sich so richtig avec Seele verlieben könnten, kneifen Sie sofort, und dies soll natürlich kein Vorwurf sein, denn infolge Ihrer wirtschaftlichen Lage trachten Sie natürlich danach, jeder überflüssigen Komplikation aus dem Wege zu gehen – aber was ich Ihnen vorwerfe, ist einfach dies: daß Sie sich vergeuden! Heutzutag muß man auch seine Sinnlichkeit produktiv gestalten! Ich verlange zwar keineswegs, daß Sie sich prostituieren, aber ich bitte Sie um Ihretwillen, praktischer zu werden!«

»Praktisch?« meinte Anna, und es war ihr, als hätte sie dieses Wort noch niemals gehört. Sie sollte wirklich mehr an sich denken, dachte sie vorsichtig weiter und hatte das Gefühl, als wäre sie blind und müßte sich vorwärts tasten. Sie denke zwar eigentlich häufig an sich, fuhr sie fort, aber wahrscheinlich zu langsam. Wenn der Kastner noch nie recht gehabt hätte, so hätte er eben diesmal recht. Sie müsse sich das alles genau überlegen – was »alles«?

Seit es Götter und Menschen – kurz: Herrscher und Beherrschte gibt, seit der Zeit gilt der Satz: »Im Anfang war die Prostitution!«

»Diskretion Ehrensache!« hörte sie den Kastner sagen, und als sie ihn wiedererkannte, schnitt er ein überaus ehrliches Gesicht.

Das ist nämlich so: Als die Herrschenden erkannt hatten, daß es sich maskiert mit dem Idealismus eines gewissen Gekreuzigten bedeutend belustigender morden und plündern ließ – seit also dieser Gekreuzigte u. a. gepredigt hatte, daß auch das Weib eine dem Manne ebenbürtige Seele habe, seit dieser Zeit ist jenes »Diskretion Ehrensache!« ein Sinnspruch im Wappen der Prostitution.

Wer wagt es also, die heute Herrschenden anzuklagen, daß sie nicht nur die Arbeit, sondern auch das Verhältnis zwischen Mann und Weib der bemäntelnden Lügen und des erhebenden Selbstbetruges entblößen, indem sie schlicht die Frage stellen: »Na, was kostet schon die Liebe?« Kann man ihnen einen Vorwurf machen, weil sie dies im Bewußtsein ihrer wirtschaftlichen Macht der billigeren Buchführung wegen tun? Nein, das kann man nicht. Sie sind nämlich überaus ehrlich.

»Wieso?« fragte Anna und sah den Kastner ratlos an. Doch dieser machte eine Kunstpause. Dann sagte er: »Ich biete Ihnen eine Gelegenheit, um in bessere Kreise zu gelangen. Kennen Sie den Radierer Achner? Ich bin mit ihm sehr intim, er ist künstlerisch hochtalentiert und sucht zur Zeit ein passendes Modell – Sie könnten sich spielend zehn Mark verdienen und hätten prächtige Entfaltungsmöglichkeiten! In seinem Atelier gibt sich nämlich die Spitze der Gesellschaft Rendezvous, lauter Leute mit eigenem Auto. Das sind Menschen! Liebes Fräulein Pollinger, es tut mir nämlich tatsächlich weh, daß Sie Ihre Naturgeschenke derart unpraktisch verschleudern!«

»Es tut mir weh«, hörte das liebe Fräulein Pollinger und lächelte. »So täuscht man sich halt«, meinte sie leise, und der Kastner tat ihr plötzlich leid, und auch seine Stiftzähne taten ihr leid, die großen und die kleinen.

»Ich denke jetzt radikal selbstlos«, nickte ihr der Kastner zu und benahm sich direkt ergriffen.

Aber natürlich war das radikal anders. Als er nämlich erfahren hatte, daß Anna arbeitslos geworden war, ist er sofort zu jenem Radierer geeilt und hat ihm ein preiswertes Modell angeboten – mittelgroß, schlank, braunblond, und es würde schon auch einen Spaß verstehen. Der Radierer hatte zufällig gerade ein solches Modell gesucht und ist infolgedessen sofort einverstanden gewesen. »Also«, hatte der Kastner gesagt, »wenn du dich dann ausradiert hast, werde ich erscheinen, Prunelle bring ich mit, Grammophon hast du –«

Anna schwieg.

Es sei halt nun mal Weltkrieg gewesen, fiel es ihr plötzlich ein, und den könnte man sich nicht wegdenken, man dürfe es auch nicht.

4

Als der Kastner sie verließ, kam sie sich noch immer nicht klarer vor. Sie hatte ihm zwar das Ehrenwort gegeben, daß sie sich morgen zum Achner begeben wird, denn zehn Mark sind allerhand Schnee. Und das Modellstehen wäre doch etwas absolut Ordentliches, das wäre ja nur ein normaler Beruf. Aber das »Praktischwerden« – das war ein folgenschwerer Rat, das wollte noch genau überlegt sein. Denn rasch kommt ein armes Mädchen auf die schiefe Bahn, und von dort kommt keine mehr zurück.

Des Kastners verführerische Prophezeiungen ließen ihr keine Ruh, aber dann tauchten auch andere Töne auf, und das waren finstere Akkorde – sie mußte sich direkt anklammern, um mit dem logischen Denken beginnen zu können. Erst allmählich nahmen ihre Gedanken festere Konturen an und wurden auch immer stiller und verhielten sich abwartend.

Jetzt stand jemand hinter ihr, aber sie sah sich nicht um, denn sie fühlte es deutlich, daß das ein unheimlicher Herr sein muß. Und plötzlich war das Zimmer voll von lauter Herren, die hatten alle ähnliche Bewegungen und kamen ihr sehr bekannt vor.

»Wie war das doch?« hörte sie den unheimlichen Herrn fragen, und seine Stimme klang grausam weich. »Das war so«, meldete sich einer der Herren. »Das war auf dem Oktoberfest, und zwar vor der Bude des Löwenmädchens Lionella. Anna dachte gerade, ob diese Abnormität auch noch Jungfrau wäre, da lernte sie ihren Akademiker kennen.« – »Wo steckt denn dieser Akademiker?« erkundigte sich der Unheimliche. »Der Herr Doktor ist bereits tot«, antwortete ein anderer Herr und nickte Anna freundlich zu. »Der Herr Doktor sitzt in der Hölle«, fuhr er fort, »denn er hatte einen schlechten Charakter, nämlich er hatte der Anna ihre Unschuld geraubt, und das war keine besondere Heldentat, denn sie hatte einen Bierrausch.« Aber da schnellte ein dritter Herr von seinem Stuhl empor. »Lügen Sie doch nicht so infam, Fräulein Pollinger!« schrie er sie an. »Sie tun ja jetzt direkt, als hätten Sie nicht ständig danach getrachtet, endlich das zu verlieren. So antworten Sie doch!« – »Das ist schon wahr«, antwortete Anna schüchtern, »aber ich hab's mir halt anders vorgestellt.« – »Egal!« schnarrte der dritte und wandte sich an den Unheimlichen: »Man muß es dem lieben Gott sagen, daß der Herr Doktor unschuldig in der Hölle sitzt!« Jetzt unterbrach ihn jedoch ein vierter Herr, und das war ein melancholischer Kaffeehausmusiker. »Das Fräulein Pollinger ist ein braver Mensch«, sagte er, »bitte fragen Sie doch nur den Herrn Brunner!« – »Hier!« rief der Brunner. Er saß auf dem Sofa und beugte sich über das Tischchen. »Liebe Anna«, sagte er ernst, »ich weiß, daß ich deine einzige große Liebe war, aber ich hab dich ja nur aus Mitleid genommen, denn du bist ja gar nicht mein Typ.« Dann erhob er sich langsam, er war ein riesiges Mannsbild. »Anna«, fuhr er fort, und das klang fast zärtlich, »wenn man an nichts anderes zu denken hat, dann ist so eine große Liebe recht abwechslungsreich. Aber ich bin Elektrotechniker, und die Welt ist voll Neid.« – »Es dreht sich halt alles um das Geld«, lächelte Anna, und es tat ihr alles weh. »Richtig!« murmelten die Herren im Chor, und einige sahen sie vorwurfsvoll an. »Ich hab noch nie Geld dafür genommen«, wehrte sie sich. »Wo ist denn der Kobler?« fragte der dritte ironisch. »Ach, der Kobler!« schrie Anna und geriet plötzlich außer sich. »Der sitzt ja jetzt in Barcelona, während ich mit euch reden muß, er hätt mir leicht was geben können!« – »Na endlich!« rief ein Herr aus der Ecke und trat rasch vor. Er hatte einen Frack an. »Du hast jetzt endlich praktisch zu werden, Fräulein!« sagte er. »Unten steht meine Limousine! Komm mit! Komm mit!«

5

Der Radierer Achner hatte sein Atelier schräg vis-à-vis. Er war ein komplizierter Charakter und das, was man im bürgerlichen Sinne als ein Original bezeichnet.

Als er Anna die Tür öffnete, hatte er einen Pullover an und Segelschuhe. Die Sonne brannte durch die hohe Glasscheibe, und es roch nach englischen Zigaretten. Auf dem Herdchen lagen zwei verbogene Löffel, ein schmutziger Rasierapparat und die Briefe Vincent van Goghs in

Halbleinen. Im Bette lag ein Grammophon, und auf einer Kiste, die mysteriös bemalt war, thronte Buddha.

Das sei sein Hausaltar, meinte der Radierer. Sein Gott sei nämlich nicht gekreuzigt worden, sondern hätte nur ständig seinen Nabel betrachtet, er persönlich sei nämlich Buddhist. Auch er persönlich würde regelmäßig meditieren, zur vorgeschriebenen Zeit die vorschriftsmäßigen Gebete und Gebärden verrichten, und wenn er seiner Eingebung folgen dürfte, würde er die Madonna mit sechs Armen, hundertzwanzig Zehen, achtzehn Brüsten und sechs Augen malen. Er persönlich verachte nämlich die Spießbürger, weil sie nichts für die wahre Kunst übrig hätten.

Aber manchmal träumte er von seiner Mutter, einer rundlichen Frau mit guten, großen Augen und fettigem Haar. Es war alles so schön zu Haus gewesen, es ist gut gekocht und gern gegessen worden, und heute schien es ihm, als hätten auch seine Eltern an das Christkind geglaubt und an den Weihnachtsmann. Und manchmal mußte er denken, ob er nicht auch lieber ein Spießbürger geworden wäre mit einem Kind und einer rundlichen Frau.

Dieser Gedanke drohte ihn zu erschlagen, besonders, wenn er allein im Atelier saß. Dann sprach er laut mit sich selbst, nur um nichts denken zu müssen. Oder er ließ das Grammophon singen, rezitierte Rainer Maria Rilke, und manchmal schrieb er sich sogar selbst Nachrichten auf den Zettel mit der Überschrift: »Raum für Mitteilungen, falls nicht zu Hause.«

Er haßte die Stille.

Etwas in seinem Wesen erinnerte an seinen verstorbenen Onkel Eugen Meinzinger. Der sammelte Spitzen, hatte lange schmale Ohren und saß oft stundenlang auf Kinderspielplätzen. Er starb bereits 1908 nach einem fürchterlichen Todeskampfe. Zehn Stunden lang röchelte er, redete wirres Zeug und brüllte immer wieder los: »Lüge! Lüge! Ich kenn kein kleines Mizzilein, ich hab nie Bonbons bei mir, ich hab kein kleines Mizzilein in den Kanal gestoßen, Mizzilein ist von selbst ertrunken, allein! Allein! Ich hab ja nur an den Wädelchen getätschelt, den Kniekehlchen! Meine Herren, ich hab nie Bonbons bei mir!« Und dann schlug er wild um sich und heulte: »Auf dem Diwan sitzt der Satan! Auf dem Diwan sitzt noch ein Satan!« Dann wimmerte er, eine Straßenbahn überfahre ihn mit Rädern wie Rasiermesser. Und seine letzten Worte lauteten: »Es ist strengstens verboten, mit dem Wagenführer zu sprechen!« –

6

Und Anna betrachtete Buddhas Nabel und dachte, das wäre doch bloß ein Schmerbauch. Dann trat sie hinter die spanische Wand. »Ziehen Sie sich nur ruhig aus, in Schweden badet alles ohne Trikot«, ermutigte sie der Buddhist, jedoch sie fand es höchst überflüssig, daß er sich verpflichtet fühlte, ihr durch derartige Bemerkungen das Entkleiden zu erleichtern, denn sie hatte schon seit vorigem Frühjahr nichts dagegen, daß man sie ansah. Der Kastner hatte ihr mal eine Broschüre über den Geist der Antike aufgenötigt, und da stand drinnen, daß das Schamgefühl nur eine schamlose Erfindung des Christentums wäre.

Der Buddhist ging auf und ab. »Wir alle opfern auf dem Altare der Kunst«, meinte er so nebenbei, und das hatte zur Folge, daß sich Anna wieder mal über diese ganze Kunst ärgerte. Denn zum Beispiel: Wie gut haben es doch die Bilder in den Museen! Sie wohnen vornehm, frieren nicht, müssen weder essen noch arbeiten, hängen nur an der Wand und werden bestaunt, als hätten sie Gott weiß was geleistet!

»Ich freu mich nur, daß Sie kein Berufsmodell sind!« vernahm sie wieder des Buddhisten Stimme. »Ich hasse nämlich das Schema, ich bin krassester Individualist, hinter mir steht keine Masse, auch ich gehöre zu jener ›unsichtbaren Loge‹ wahrer Geister, die sich über ihre Zeit erhoben haben und über die gestern in den ›Neuesten‹ ein fabelhaftes Feuilleton stand!« So verdammte er den Kollektivismus, während Anna sich auszog.

Aber am meisten ärgerte sie sich über die Glyptothek, in der die Leute alte Steintrümmer anglotzen, so andächtig, als stünden sie vor der Auslage eines Delikatessengeschäftes.

Einmal war sie in der Glyptothek, denn es hat sehr geregnet, und sie ging gerade über den Königsplatz. Drinnen führte einer mit einer Dienstmütze eine Gruppe von Saal zu Saal, und vor einer Figur sagte er, das sei die Göttin der Liebe. Die Göttin der Liebe hatte weder Arme noch Beine. Auch der Kopf fehlte, und sie mußte direkt lächeln, und einer aus der Gruppe lächelte auch und löste sich von der Gruppe und näherte sich ihr. Er sagte, die Kunst der alten Griechen sei unnachahmbar, und er fragte sie, ob sie mit ihm am Nachmittag ins Kino gehen wolle, und sie trafen sich dann auf dem Sendlinger-Tor-Platz. Er kaufte zwei Logenplätze, aber da es ein nasser und kalter Sonntag war, war keine Loge ganz leer, und das verstimmte ihn, und er sagte, hätte er das geahnt, hätte er zweites Parkett gekauft, nämlich er sei sehr kurzsichtig. Und er wurde ganz melancholisch und meinte, wer weiß, wann sie sich wiedersehen würden, er sei nämlich aus Augsburg und müsse gleich nach der Vorstellung wieder nach Augsburg fahren, und eigentlich liebe er das Kino gar nicht, und die Logenplätze wären verrückt teuer. Hernach begleitete ihn Anna an die Bahn, er besorgte ihr noch eine Bahnsteigkarte und weinte fast, als sie sich trennten, und sagte: »Fräulein, ich bin verflucht. Ich hab mit zwanzig Jahren geheiratet, jetzt bin ich vierzig, meine drei Söhne zwanzig, neunzehn und achtzehn und meine Frau sechsundfünfzig. Ich war immer Idealist. Fräulein, Sie werden noch an mich denken. Ich bin Kaufmann. Ich hab Talent zum Bildhauer.«

7

Aber das Schicksal wollte es nicht haben, daß sie heute Modell steht, es hatte etwas anderes mit ihr vor. Nämlich unerwartet bekam der Buddhist Besuch, und der gehörte zu jenen besseren Kreisen, auf die sie der Kastner mit den Worten aufmerksam gemacht hatte: »Ich verlange zwar keineswegs, daß du dich prostituierst!«

Sie war erst halb ausgezogen hinter der spanischen Wand, als ein junger Herr elastisch das Atelier betrat. Er hieß Harry Priegler und war ein durchtrainierter Sportsmann.

Als einziger Sohn eines reichen Schweinemetzgers und dank der Affenliebe seiner Mutter, einer klassenbewußten Beamtentochter, die es sich selbst bei der silbernen Hochzeit noch nicht völlig verziehen hatte, einen Schweinemetzger geheiratet zu haben, konnte er seine gesunden Muskeln, Nerven und Eingeweide derart rücksichtslos pflegen, daß er bereits mit sechzehn Jahren als eine Hoffnung des deutschen Eishockeysportes galt. Und er enttäuschte die Hoffenden nicht. Allgemein beliebt, wurde er gar bald der berühmteste linke Stürmer, und seine wuchtigen Schüsse auf das Tor, besonders die elegant und unhaltbar placierten Fernschüsse aus dem Hinterhalt, errangen internationale Bedeutung. Und was er auch immer vertrat, immer kämpfte er überaus fair. Nie kam es vor, daß er sich ein »Foul« zuschulden kommen ließ, denn infolge seiner raffinierten Technik und seiner überragenden Geschwindigkeit hatte er dies nicht nötig.

Für Kunst hatte er kaum was übrig. Zwar ließ er sich sein Lexikon prunkvoll einbinden, denn das sei schöner als die schönste Tapete oder Waffen an der Wand. Auch las er gern Titel und Kapitelüberschriften, aber am liebsten vertiefte er sich in Zitate auf Abreißkalendern. Trotzdem fand ihn der Buddhist nicht unsympathisch, denn unter anderem ließ er ihn oft in seinem Auto fahren, und das war ein rassiger Sportwagen. –

Jetzt unterhielten sich die beiden Herren sehr leise. Nämlich dem Buddhisten wäre es peinlich gewesen, wenn Anna erfahren hätte, daß er dem Harry vierzig Reichsmark schuldet, da er etwas auf sich hielt.

»Sicher fährt sie mit!« meinte er und betonte dies »sicher« so überzeugt, daß es Anna hören mußte, obwohl sie nicht horchte.

Nun wurde sie aber neugierig, denn sie liebte das Wort »vielleicht«. Scheinbar interessiert blätterte sie in den Briefen van Goghs und hörte, wie Harry von zwei Herren sprach, die ihm anläßlich seines grandiosen Spieles in der Schweiz persönlich gratulieren wollten. Als sie ihm aber ihre Aufwartung machten, da stahlen sie ihm aus seiner Briefmarkensammlung den »schwarzen Einser« und den »sächsischen Dreier«. Einer dieser Herren habe sich hernach an eine lebensfreudige Baronin attachiert, doch der Baron sei unerwartet nach Hause gekommen und habe nur gesagt: »Pardon!« Und dann habe er sich in der gleichen Nacht auf dem Grabe seiner Mutter erschossen. Und Harry meinte, er verstünde es nicht, wie man sich aus Liebe erschießen könnte. Und auch Anna schien dies schleierhaft. Sie dachte, was wäre das doch für eine Überspanntheit, wenn sie sich jetzt auf dem Grabe ihrer Mutter erschießen würde. Zwar hätte sie mal mit diesem Gedanken gespielt, zur Zeit ihrer einzigen großen Liebe, seinerzeit, da sie mit dem Brunner ging – aber heute kommt ihr das direkt komisch vor. Aus Liebe tun sich ja heut nur noch die Kinder was an!

Erst heute begreift sie ihren Brunner, der da sagte, daß wenn zwei sich gefallen, so kommen die zwei halt zusammen, aber das Geschwätz von der Seele in der Liebe, das sei bloß eine Erfindung jener Herrschaften, die wo nichts zu tun hätten, als ihren nackten Nabel zu betrachten. Und in diesem Sinne wäre es auch lediglich bloß eine Gefühlsroheit, wenn irgendeine Anna außer seiner Liebe auch noch seine Seele verlangen täte, denn so eine tiefere Liebe endete bekanntlich immer mit Schmerzen, und warum sollte er sich sein Leben noch mehr verschmerzen. Er wolle ja keine Familie gründen, dann allerdings müßte er schon ein besonderes Gefühl aufbringen, denn immer mit demselben Menschen zusammen zu leben, da gehöre schon was Besonderes dazu. Aber er wolle ja gar keine Kinder, es liefen schon eh zuviel herum, wo wir doch unsere Kolonien verloren hätten. –

Als Anna Harry vorgestellt wurde, sagte er: »Angenehm!« Und zum Buddhisten: »Verzeih, wenn ich wieder mal störe!« – »Oh, bitte!« unterbrach ihn dieser höflich. »Für heut sind wir soweit! Ziehen Sie sich nur wieder an, Fräulein!«

Anna fürchtete bereits, von Harry nicht aufgefordert zu werden, und so sagte sie fast zu früh »ja« und überraschte sich dabei, daß ihr seine Krawatte gefiel. Harry hatte sie nämlich gefragt: »Fräulein, Sie wollen doch mit mir kommen – nur an den Starnberger See –«

Unten stand sein Sportwagen, und der war wirklich wunderbar. Und dann ging's dahin …

8

Nach einer knappen Stunde kam der Herr Kastner ins Atelier, wie er es gestern ausgemacht hatte – aber da der Buddhist dem Harry Priegler unter anderm vierzig Reichsmark schuldete, hätte er also unverzeihbar töricht gehandelt, wenn er seinem Gläubiger betreffs irgendeiner Anna nicht entgegengekommen wäre, nur um irgendeinem Kastner sein Versprechen halten zu können.

Der Kastner war ein korrekter Kaufmann und übersah auch sofort die Situation. Alles sah er ein und meinte nur: »Du hast wieder mal dein Ehrenwort gebrochen.« Aber dies sollte nur eine Feststellung sein, beileibe kein Vorwurf, denn der Kastner konnte großzügig werden, besonders an manchen Tagen.

An solchen Tagen wachte er meistens mit einem eigentümlichen Gefühl hinter der Stirne auf. Es tat nicht weh, ja, es war gar nicht so häßlich, es war eigentlich nichts.

Das einzig Unangenehme dabei war ein gewisser Luftzug, als stünde ein Ventilator über ihm. Das waren die Flügel der Verblödung. –

»Ich hab extra einen Prunelle mitgebracht«, sagte er und lächelte resigniert. »Es wär sehr leicht gegangen mit deinem Grammophon, sie war ja ganz gerührt, daß ich ihr das hier beschafft hab, und sie hat eine feine Haut« – so saß er da und stierte auf einen Fettfleck an der spanischen Wand.

Dieser Fettfleck erinnerte ihn an einen anderen Fettfleck. Dieser andere Fettfleck ging eines Tages in der Schellingstraße spazieren und begegnete einem dritten Fettfleck, den er lange, lange Zeit nicht gesehen hatte, so daß diese einst so innig befreundeten Fettflecke fremd aneinander vorbeigegangen wären, wenn nicht plötzlich ein vierter Fettfleck erschienen wäre, der ein außerordentliches Personengedächtnis besaß. »Hallo!« rief der vierte Fettfleck. »Ihr kennt euch doch, wir wollen jetzt einen Prunelle trinken, aber nicht hier, hier zieht es nämlich, als stünde ein Ventilator über uns!«

Heut sprach der Kastner nicht gewählt, und auch auf seine Dialektik war er nicht stolz. »Heut hab ich direkt wieder gehinkt«, murmelte er vor sich hin, und die Sonne sank immer tiefer.

Es war sehr still im Atelier, und plötzlich meinte der Buddhist:

»Die Einsamkeit ist wie ein Regen,
sie steigt vom Meer den Abenden entgegen,
von Ebenen, die fern sind und entlegen,
geht sie zum Himmel, der sie immer hat,
und erst vom Himmel fällt sie auf die Stadt.
Regnet hernieder in den Zwitterstunden,
wenn sich nach Morgen wenden alle Gassen
und wenn die Leiber, welche nichts gefunden,
enttäuscht und traurig voneinander lassen
und wenn die Menschen, die einander hassen,
in einem Bett zusammen schlafen müssen:
Dann geht die Einsamkeit mit den Flüssen –«

»Das sind bulgarische Zigaretten«, antwortete der Kastner und sah seinen Fettfleck vertraulich an. »Bulgarien ist ein fruchtbares Land, ein Königreich. Das hier ist nicht der echte Tabak, denn die Steuern sind zu hoch, wir haben eben den Feldzug verloren. Es war umsonst. Wir haben umsonst verloren.« – So trank er seinen Prunelle, und es dauerte nicht lange, da war er einverstanden. Eine fast fromme Ergebenheit erfüllte seine Seele, und es fiel ihm gar nicht auf, daß er zufrieden war. Er kam sich vor wie ein gutes Gespenst, das sich über seine eigene Harmlosigkeit noch niemals geärgert hatte.

Selbst da der Prunelle alle wurde, war er sich nicht bös.

9

Als der Kastner den Fettfleck begrüßte, erblickte Anna den Starnberger See.

Die Stadt mit ihren grauen Häusern war verschwunden, als hätte sie nie in ihr gewohnt, und Villen tauchten auf, rechts und links und überall, mit Rosen und großen Hunden.

Der Nachmittag war wunderbar, und Anna fuhr durch eine aufregende fremde Welt, denn es ist ein großer Unterschied zwischen einem Soziussitz und einem wunderbaren Sportwagen. Sie hatte die Füße hübsch artig nebeneinander und den Kopf etwas nach hinten gezogen, denn auch der Wind war wunderbar, und sie schien kleiner geworden vor soviel Wunderbarem.

Harry war ein blendender Herrenfahrer.

Er überholte einfach alles und nahm die Kurven, wie sie kamen. Ausnahmsweise sprach er nicht über das Eishockey, sondern beleuchtete Verkehrsprobleme. So erklärte er ihr, daß für jedes Kraftfahrzeugunglück sicher irgendein Fußgänger die Schuld trägt, und darum dürfe man es einem Herrenfahrer nicht verübeln, wenn er, falls er solch einen Fußgänger überfahren hätte, einfach abblenden täte. In diesem Sinne habe er einen Freund in Berlin, und dieser Freund hätte mal mit seinem fabelhaften Wagen eine Fußgängerin überfahren, weil sie beim verbotenen Licht über die Straße gelaufen wäre. Aber trotz dieses verbotenen Lichtes sei eine Untersuchung eingeleitet worden, ja, sogar zum Prozeß sei es gekommen, wahrscheinlich weil jene Fußgängerin Landgerichtsratswitwe gewesen sei, jedoch dem Staatsanwalt wäre es vorbeigelungen, seinen Freund zur Zahlung einer Entschädigung zu verurteilen. »Es käme mir ja auf ein paar tausend Märker nicht an«, hätte der Freund gesagt, »aber ich will die Dinge prinzipiell geklärt wissen.« Sie hätten ihn freisprechen müssen, obwohl der Vorsitzende ihn noch gefragt hätte, ob ihm denn diese Fußgängerin nicht leid täte, trotz des verbotenen Lichtes. »Nein«, hätte er gesagt, »prinzipiell nicht!« Er sei eben auf seinem Recht bestanden.

Jedesmal, wenn Harry einen Benzinmotor mit dem Staatsmotor zusammenstoßen sah, durchglühte ihn revolutionäre Erbitterung. Dann haßte er diesen Staat, der die Fußgänger vor jedem Kotflügel mütterlich beschützt und die Kraftfahrer zu Staatsbürgern zweiter Klasse degradiert. Überhaupt der deutsche Staat, meinte er, sollte sich lieber kümmern, daß mehr gearbeitet würde, damit wir endlich wieder mal hochkommen könnten! Fußgänger würden so und so überfahren, und nun erst recht! Da hätten unsere ehemaligen Feinde schon sehr recht, wenn sie in diesen Punkten Deutschland verleumdeten! Er könne ihre Verleumdungen nur unterschreiben, denn die wären schon sehr wahr, obwohl er durchaus vaterländisch gesinnt sei. Er kenne genau die Ansichten des Auslandes, da er mit seinem Auto jedes Frühjahr, jeden Sommer und jeden Herbst zwecks Erholung von der anstrengenden Eishockeysaison ein Stückchen Welt durchfahre.

Jetzt fuhren sie durch Possenhofen.

Hier wurde eine Kaiserin von Österreich geboren, und drüben am anderen Ufer ertrank ein König von Bayern im See. Die beiden Majestäten waren miteinander verwandt, und als junge Menschen trafen sie sich romantisch und unglücklich auf der Roseninsel zwischen Possenhofen und Schloß Berg.

Es war eine vornehme Gegend.

»Essen tun wir in Feldafing«, entschied Harry. »In Feldafing ist ein annehmbares Publikum, seit der Golfplatz draußen ist. In der Stadt kann man ja kaum mehr essen, überall sitzt so ein Bowel.« Und dann erwähnte er auch noch, früher sei er öfters nach Tutzing gefahren, das liege nur sechs Kilometer südlicher; aber jetzt könne kein anständiger Mensch mehr hin, nämlich dort stünde jetzt eine Fabrik, und überall treffe man Arbeiter.

10

In Feldafing sitzt man wunderbar am See.

Besonders an solch einem milden Herbstabend. Dann ist der See still, und du siehst die Alpen von Kufstein bis zur Zugspitze und kannst es oft kaum unterscheiden, ob das noch Felsen sind oder schon Wolken. Nur die Benediktenwand beherrscht deutlich den Horizont und wirkt beruhigend.

Im Seerestaurant zu Feldafing saßen lauter vornehme Menschen. Die Herren sahen Harry ähnlich, obwohl sich jeder die größte Mühe gab, anders auszusehen, und die Damen waren durchaus gepflegt, wirkten daher sehr neu, bewegten sich fein und sprachen dummes Zeug. Wenn eine aufs Klosett mußte, schien sie verstimmt zu sein, während ihr jeweiliger Herr aufatmend rasch mal heimlich in der Nase bohrte oder sonst irgendwas Unartiges tat.

Die Speisekarte war lang und breit, aber Anna konnte sie nicht entziffern, obwohl die Speisen keine französischen Namen hatten, jedoch eben ungewöhnlich vornehme. »Königinsuppe?« hörte sie des Kellners Stimme, und ihr Magen knurrte. Der Kellner hörte ihn knurren und betrachtete voll Verachtung ihren billigen Hut, nämlich das Knurren kränkte ihn, da er einen schlechten Charakter hatte. Denn die wirklich vornehmen Leute essen bekanntlich, als hätten sie es nicht nötig zu essen. Als wären sie schon derart vergeistigt, und sind doch nur satt.

Harry bestellte zwei Wiener Schnitzel mit Gurkensalat, ließ aber hernach das seine stehen, weil es ihm zu dick war, verlangte russische Eier und sagte: »Wissen Sie, Fräulein, daß ich etwas nicht ganz versteh: Wieso kommt es nur, daß ich bei Frauen soviel Glück hab? Ich hab nämlich sehr viel Glück. Können Sie sich's vorstellen, wieviel Frauen ich haben kann? Ich kann jede Frau haben, aber das ist halt nicht das richtige.«

Er blickte verträumt nach der Benediktenwand und dachte: Das beste ist, ich wart, bis es finster ist, dann fahr ich zurück und bieg in einen Seitenweg – und wenn sie nicht will, dann fliegt sie halt raus.

»Es ist halt nicht das richtige«, fuhr er laut fort. »Die Frauen sagen zwar, ich könnt hypnotisieren. Aber ob ich die Liebe find? Ob es überhaupt eine Liebe gibt? Verstehen Sie mich, was ich unter ›Liebe‹ versteh?« Es war noch immer nicht finster geworden, es dämmerte nur, und also mußte er noch ein Viertelstündchen Konversation treiben. »Zum Beispiel jene Dame dort am dritten Tisch links«, erzählte er, »die hab ich auch schon mal gehabt. Sie heißt Frau Schneider und wohnt in der Mauerkircherstraße acht. Der, mit dem sie dort sitzt, ist ihr ständiger Freund, ihr Mann ist nämlich viel in Berlin, weil er dort eine Freundin hat, der er eine Siebenzimmerwohnung eingerichtet hat. Aber als er die Wohnung auf ihren Namen überschrieben hat, entdeckte er erst, daß sie verheiratet ist und daß ihr Mann sein Geschäftsfreund ist. Diese Freundin hab ich auch schon mal gehabt, weil ich im Berliner Sportpalast Eishockey gespielt hab. Sie heißt Lotte Böhmer und wohnt in der Meineckestraße vierzehn. Und dort rechts die Dame mit dem Barsoi, das ist die Schwester einer Frau, deren Mutter sich in mich verliebt hat. Eine fürchterliche Kuh ist die Alte, sie heißt Weber und wohnt in der Franz-Josef-Straße, die Nummer hab ich vergessen. Die hat immer zu mir gesagt: ›Harry, Sie sind kein Frauenkenner, Sie sind halt noch zu jung, sonst würden Sie sich ganz anders benehmen, Sie stoßen mich ja direkt von sich, ich hab schon mit meinem Mann soviel durchzumachen gehabt, Sie sind eben kein Psychologe.‹ Aber ich bin ein Psychologe, weil ich sie ja gerade von mir stoßen wollte. Und hinter Ihnen – schauen Sie sich nicht um! – sitzt eine große Blondine, eine auffallende Erscheinung, die hab ich auch mal von mir gestoßen, weil sie mich im Training gehindert hat. Sie heißt Else Hartmann und wohnt in der Fürstenstraße zwölf. Ihr Mann ist ein ehemaliger Artilleriehauptmann. Mit einem anderen ehemaligen Artilleriehauptmann bin ich sehr befreundet, und der ist mal zu mir gekommen und hat gesagt: ›Hand aufs Herz, lieber Harry! Ist es wahr, daß du mich mit meiner Frau betrügst?‹ Ich hab gesagt: ›Hand aufs Herz! Es ist wahr!‹ Ich hab schon gedacht, er will sich mit mir duellieren, aber er hat nur gesagt: ›Ich danke dir, lieber Harry!‹ Und dann hat er mir auseinandergesetzt, daß ich ja nichts dafür könnt, denn er wüßt es genau, daß der Mann nur der scheinbar aktive, aber eigentlich passive, während die Frau der scheinbar passive, aber eigentlich aktive Teil wäre. Das war schon immer so, hat er gesagt, zu allen Zeiten und bei allen Völkern. Er ist ein großer Psychologe und schreibt jetzt einen Roman, denn er kann auch schriftstellerisch was. Er heißt Albert von Reisinger und wohnt in der Amalienstraße bei der Gabelsbergerstraße.«

»Zahlen!« rief Harry, denn nun wurd es Nacht.

11

Im Forstenrieder Park bog Harry in einen Seitenweg, hielt scharf und starrte regungslos vor sich hin, als suchte er einen großen Gedanken, den er verloren hatte.

Anna wußte, was nun kommen würde, trotzdem fragte sie, ob etwas los wäre. Aber er schwieg sich noch eine Weile aus. Dann sah er sie langsam an und sagte, sie hätte schöne Beine. Er war jedoch gar nicht erregt, und jetzt mußte er sich schneuzen. Das benutzte sie, um ihm zu sagen, daß sie spätestens um neun in der Schellingstraße sein müsse, worauf er sie fragte, ob sie denn nicht fühle, daß er sie haben wolle. »Nein«, sagte sie, »fühlen tu ich das nicht.« – »Ist das aber traurig!« meinte er und lächelte scharmant.

Die Septembernacht war stimmungsvoll, und Harry fühlte sich direkt verpflichtet, Anna zu besitzen, denn sonst hätte er sich übervorteilt gefühlt, da sie nun mal in seinem Sportwagen saß und weil er ihr Wiener Schnitzel mit Gurkensalat bestellt hatte, obwohl er es ja bereits in Feldafing bemerkt hatte, daß sie ihn niemals besonders aufregen könnte. So kam alles, wie es kommen sollte, und Anna sah sich ängstlich um. Ob sie denn etwas gehört hätte, fragte er. »Ja«, sagte sie, »es war nichts.« Also näherte er sich ihr, und zwar in einer handgreiflichen Weise. Aber so rasch sollte er nicht an sein Ziel gelangen, denn nun hörte Anna wieder jenen Herrn im Frack – »Bitte, sei doch endlich praktisch!« bat sie der Herr und streichelte sie wie ein großer Bruder. »So geht das nicht!« sagte sie plötzlich, und ihre Stimme erschien ihr seltsam verändert, als gehörte sie einer neuen Anna.

»Sondern?« fragte Harry.

»Zehn«, sagte die neue Anna, und jetzt wurd es grausam still –

»Fünf«, meinte Harry plötzlich und erhob sich energisch: »Dort drüben ist eine Bank!« Sie gingen zur Bank. Auf der Banklehne stand: Nur für Erwachsene.

Das war auf einer Lichtung, da sie zum erstenmal Geld dafür nahm. Droben standen die Sterne, und ringsum lag tief und schwarz der Wald. Sie nahm das Geld, als hätte sie nie darüber nachgedacht, daß man das nicht darf. Sie hatte wohl darüber nachgedacht, aber durch das Nachdenken wird die Ungerechtigkeit nicht anders, das Nachdenken tut nur weh. Es war ein Fünfmarkstück, und nun hatte sie keine Gefühle dabei, als wär sie schon tot.

Dritter Teil

Herr Reithofer wird selbstlos

Und die Liebe höret nimmer auf.

1

Wochen waren vergangen seit dieser Nacht, und nun war's Anfang November. Die Landeswetterwarte konstatierte, daß das Hoch über Irland einem Tief über dem Golf von Biskaya weiche. Drüben in Amerika soll bereits Schnee gefallen sein, und auch der Golfstrom sei nicht mehr so ganz in Ordnung, hörte man in München.

Aber hier war der Herbst noch mild und fein, und so sollte er offiziell auch noch einige Tage bleiben. Seit vorgestern wohnte Anna nicht mehr bei ihrer Tante in der Schellingstraße, sondern in der Nähe des Goetheplatzes, und das kam so:

Am Montag erschien ein Kriminaler bei der Tante, der einst mit ihr in die Schule gegangen war, und teilte ihr vertraulich mit, daß ihre Nichte schon öfter beobachtet worden sei, wie sie sich außer jedem Zweifel dafür bezahlen ließe. Der Kriminaler erwähnte das nur so nebenbei aus Freundschaft, denn eigentlich war er ja zur Tante gekommen, um den Herrn Kastner zu verhaften wegen gewerbsmäßiger Verbreitung unzüchtiger Schriften und eines fahrlässigen Falscheids – aber der Kastner saß gerade im Café, und so hatte der Kriminaler Gelegenheit, seine alte Schulfreundin darauf aufmerksam zu machen, daß in der Polizeidirektion bereits ein Akt vorhanden wäre, in dem eine gewisse Anna Pollinger als verdächtiges streunendes Frauenzimmer geführt werde. Die Tante geriet ganz außer sich, und der Kriminaler bekam direkt Angst, es könnte sie der Schlag treffen, und drum suchte er sie zu beschwichtigen. Man könne auch die Freudenmädchen nicht so ohne weiteres verdammen, sagte er, so habe er eine Bekannte gehabt, bei der hätten nur so leichtfertige Dinger gewohnt, doch die wären peinlich pünktlich mit der Miete gewesen und hätten die Möbel schon sehr geschont, sauber und akkurat. Sie hätten sich ihre Zimmer direkt mit Liebe eingerichtet und nie ein unfeines Wort gebraucht. Aber diese Argumente prallten an der Tante ihrer katholischen Weltanschauung ab. Sie war fürchterlich verzweifelt, warf Anna aus ihrem Heim und brach jede verwandtschaftliche Beziehung zu ihr ab. –

Auch den Herrn Kobler hatte Anna nie wieder gesprochen. Nur einmal sah sie ihn drüben an der Ecke stehen, und zwar mit dem Grafen Blanquez. Sie wollte hinüber, aber der Kobler wandte ihr derart ostentativ den Rücken, daß sie aufhörte, nach ihm zu fragen. »Ich kann sie nicht mehr sehen«, sagte er zu seinem Grafen, »ich bin halt diesen Verhältnissen hier schon etwas entwachsen und will nicht mehr runter von meinem Niveau.« – »Da hast du schon sehr recht«, nickte der Graf, »denn sie ist leider total verkommen.« – »Seit wann denn?« erkundigte sich Kobler. »Schon lang«, meinte der Graf. »Neulich erzählte mir unser Freund Harry, daß sie fünf Mark dafür verlangt hat.« – »Nicht möglich!« rief Kobler. »Das sind halt diese fürchterlichen Zeiten, Europa muß sich halt einigen, oder wir gehen noch alle zugrund!« –

An diesem Abend wäre Anna fast auf der Wache gelandet, denn sie hatte einen lauten Auftritt in der Augustenstraße. Ein Waffenstudent spuckte ihr ins Gesicht, weil sie ihn ansprach, trotzdem er Couleur trug. Noch lange hernach wimmerte sie vor Wut und Haß und legte einen heiligen Eid ab, sich nie wieder mit einem Herrn einzulassen, aber sie konnte diesen Schwur nicht halten, denn die Natur verlangte ihr Recht. Sie hatte nämlich nichts zu essen. –

Die Natur ist eine grausame Herrin und gab ihr keinen Pardon. Und so fing sie bereits an, nur an das Böse in der Welt zu glauben, aber nun sollte sie ein Beispiel für das Vorhandensein des Gegenteils erleben, zwar nur ein kleines Beispiel, aber doch ein Zeichen für die Möglichkeit menschlicher Kultur und Zivilisation.

2

Als Anna ihren Herrn Reithofer kennenlernte, dämmerte es bereits. Das war in der Nähe der Thalkirchener Straß vor dem Städtischen Arbeitsamt. Auch der Herr Reithofer war nämlich arbeitslos, und er knüpfte daran an, als er sie ansprach – man konnte es ihr ja noch nicht ansehen, durch was sie ihren Unterhalt bestritt, denn da sie es erst seit kurzem tat, war sie äußerlich noch die alte Anna. Aber drinnen saß die neue Anna und fraß sich langsam an das Licht.

Der Herr Reithofer sagte, er sei nun schon ewig lange ohne Arbeit und eigentlich kein Bayer, sondern ein geborener Österreicher, und sie sagte, sie sei nun auch schon zwei Monate arbeitslos und eigentlich keine Münchnerin, sondern eine geborene Oberpfälzerin. Er sagte, er kenne die Oberpfalz nicht, und sie sagte, sie kenne Österreich nicht, worauf er meinte, Wien sei eine sehr angenehme Stadt und sie sehe eigentlich wie eine Wienerin aus. Sie lachte gewollt, und er lächelte, er freue sich nun sehr, daß er sie kennengelernt habe, sonst hätte er noch das Reden verlernt. Aber sie fiel ihm ins Wort, man könne doch nicht das Reden verlernen. Nun zog eine Reichswehrkompagnie an ihnen vorbei, und zwar mit Musik.

Als der Herr Reithofer die Reichswehr sah, meinte er, oft nütze im Leben der beste Wille nichts. Überhaupt gäbe es viele Gewalten, die leider stärker wären als der Mensch, aber so dürfte man nicht denken, denn dann müßte man sich halt aufhängen. Er solle doch nicht so traurig daherreden, unterbrach sie ihn wieder, er solle lieber in den Himmel schauen, denn dort droben flöge gerade ein feiner Doppeldecker. Jedoch er sah kaum hin, nämlich das wisse er schon, und die Welt werde immer enger, denn bald würde man von dort droben in zwei Stunden nach Australien fliegen können, freilich nur die Finanzmagnaten mit ihren Sekretären und Geheimsekretärinnen. So sei das sehr komisch, das von dem Herrn von Löwenstein, der zwischen England und Frankreich in der Luft auf das Klosett hätte gehen wollen, aber derweil in den Himmel gekommen sei. Überhaupt entwickle sich die Technik kolossal, erst neulich habe ein Amerikaner den künstlichen Menschen erfunden, das sei wirklich großartig, daß der menschliche Geist solche Höhen erklimme, und sie werde es ja auch noch erleben, daß, wenn das so weitergehe, alle echten Menschen zugrund gehen würden. Daran wären zwar nicht die Menschen schuld, sondern die anarchischen Produktionsverhältnisse, und er habe gestern gelesen, daß sich das Sphinxgesicht der Wirtschaft langsam dem Sozialismus zuwende, weil die Kapitalisten anfingen, sich zu organisieren – und er schloß: auch in München gäbe es künstliche Menschen, aber nun wolle er nichts mehr sagen.

Und während der Herr Reithofer so sprach, wurde es Anna sonnenklar, daß er sie verwechselt, und sie wunderte sich, daß sie noch nicht darauf zu sprechen gekommen sei, aber nun hatte sie plötzlich keinen Mut, davon anzufangen, und das war direkt seltsam. Sie sah ihn verstohlen an. Er hatte ein wohltuendes Geschau und auffallend gepflegte Hände. Was er denn für einen Beruf hätte, fragte sie. »Kellner«, sagte er, und hätte es keinen Weltkrieg gegeben, wäre er heute sicher in einem ausländischen Grand-Hotel, wahrscheinlich in Afrika, in der Oase Biskra. Er könnt jetzt unter Palmen wandeln. Auch die Pyramiden hätt er gesehen, wäre nicht die Schweinerei in Sarajevo passiert, wo die Serben den tschechischen Erzherzog, der wo der österreisch-ungarische Thronfolger gewesen sei, erschossen hätten. Und Anna antwortete, sie wisse es nicht, was dieses Sarajevo für eine Stadt sei, ihr Vater sei zwar gefallen, und soviel sie erfahren hätte, liege er vor Paris, aber sie könne sich an diesen ganzen Weltkrieg nur schwach erinnern, denn als der seinerzeit ausgebrochen sei, wäre sie erst vier Jahre alt gewesen. Sie erinnere sich nur an die Inflation, wo auch sie Billionärin gewesen sei, aber sie denke lieber nicht daran, denn damals hätte man ihre liebe Mutter begraben. Zwar hätte sie ihre Mutter nie richtig geliebt, sie sei sehr mager gewesen und so streng weiß um den Mund herum, und sie hätte oft das Gefühl gehabt, daß die Mutter denken täte: Warum lebt das Mädel?

Hier meinte der Herr Reithofer, daß jeder Mensch Verwandte hätte, der eine mehr und der andere weniger, und jeder Verwandte vererbe einem etwas, entweder Geld oder einen großen Dreck. Aber auch Eigenschaften wären erblich, so würde der eine ein Genie, der zweite ein Beamter und der dritte ein kompletter Trottel, aber die meisten Menschen würden bloß Nummern, die sich alles gefallen ließen. Nur wenige ließen sich nicht alles gefallen, und das wäre sehr traurig.

Jetzt gingen sie über den Sendlinger-Tor-Platz. »Und was hat das Fräulein für einen Beruf?« fragte er. Sie sah ihn forschend an, ob er es bereits erraten hätte, und überraschte sich dabei, daß es ihr peinlich gewesen wär – »Eigentlich hab ich das Nähen gelernt«, sagte sie und ärgerte sich nun über ihr ängstliches Gefühl. Denn die Männer sind feine Halunken, und daran ändert auch ihre Arbeitslosigkeit nichts. Ob wohl dieser feine Arbeitslose drei Mark habe, überlegte sie und stellte ihn auf die Probe: »Ich möcht jetzt gern ins Kino da drüben«, sagte sie.

Dem Herrn Reithofer kam dieser Vorschlag ziemlich unerwartet, denn er besaß nur mehr einen Zehnmarkschein, und es war ihm auch bekannt, daß er als österreichischer Staatsbürger auf eine reichsdeutsche Arbeitslosenunterstützung keinen rechtlichen Anteil habe, und er erinnerte sich, daß er 1915 in Wolhynien einen Kalmücken sterben sah, der genau so starb wie irgendein österreichischer Staatsbürger oder ein Reichsdeutscher. »Ich möcht gern ins Kino«, wiederholte sich Anna und sah ihn mit Fleiß recht verträumt an. Und um den toten Kalmücken zu verscheuchen, dachte er: Auf die zwei Mark kommt's schon auch nicht mehr an, und so freute er sich, daß er ihr die Freude bereiten kann, denn er war ein guter Mensch. »Nur schad, daß der Tom Mix nicht spielt!« meinte er. Nämlich er liebte diesen Wildwestmann, weil dem immer alles gelingt, aber ganz besonders verliebt war er in dessen treues Pferd. Überhaupt schwärmte er für alle Vieher – so wäre er 1916 fast vor ein Kriegsgericht gekommen, weil er einem russischen Pferdchen, dem ein Granatsplitter zwei Hufe weggerissen, den Gnadenschuß verabreicht und durch diesen

Knall seine Kompagnie in ein fürchterliches Kreuzfeuer gebracht hatte. Damals ist sogar ein Generalstabsoffizier gefallen.

Leider sah er also nun im Kino keine Vieher, sondern ein Gesellschaftsdrama, und zwar die Tragödie einer schönen jungen Frau. Das war eine Millionärin, die Tochter eines Millionärs und die Gattin eines Millionärs. Beide Millionäre erfüllten ihr jeden Wunsch, jedoch trotzdem war die Millionärin sehr unglücklich. Man sah, wie sie sich unglücklich stundenlang anzog, maniküren und pediküren ließ, wie sie unglücklich erster Klasse nach Indien fuhr, an der Riviera promenierte, in Baden-Baden lunchte; in Kalifornien einschlief und in Paris erwachte, wie sie unglücklich in der Opernloge saß, im Karneval tanzte und überaus unglücklich den Sekt verschmähte. Und sie wurde immer noch unglücklicher, weil sie sich einem eleganten, jungen Millionärssohn, der sie dezent-sinnlich verehrte, nicht geben wollte. Es blieb ihr also nichts anderes übrig, als ins Wasser zu gehen, was sie dann auch im Ligurischen Meer tat. Man barg ihren unglücklichen Leichnam in Genua, und all ihre Zofen, Lakaien und Schofföre waren sehr unglücklich.

Es war ein sehr tragischer Film und hatte nur eine lustige Episode: Die Millionärin hatte nämlich eine Hilfszofe, und diese Hilfszofe zog sich mal heimlich ein »großes« Abendkleid ihrer Herrin an und ging mit einem der Schofföre »groß« aus. Aber der Schofför wußte nicht genau, wie die »große« Welt Messer und Gabel hält, und die beiden wurden als Bedienstete entlarvt und aus dem vornehmen Lokal gewiesen. Der Schofför bekam von einem der Gäste noch eine tüchtige Ohrfeige, und die Hilfszofe wurde von der unglücklichen Millionärin fristlos entlassen. Die Hilfszofe hat sehr geweint, und der Schofför hat auch nicht gerade ein intelligentes Gesicht geschnitten. Es war sehr lustig. –

Im Kino war es natürlich dunkel, aber der Herr Reithofer näherte sich Anna in keiner Weise, denn so etwas tat er im Kino prinzipiell nie – und als jetzt die Vorstellung beendet war, da war es nun draußen auch schon dunkel. Drinnen hatte sich Anna direkt geborgen gefühlt, denn sie hatte sich vergessen können, aber als sie sich nun eingekeilt zwischen den vielen Fremden hinaus in die rauhe Wirklichkeit zwängte, war sie sich bereits darüber klar, in welcher Weise sie nun dem Herrn Reithofer begegnen sollte. Sie würde ihn einfach vor die Alternative stellen, obwohl er eigentlich ein netter Mann sei, aber das Nette an den Männern ist halt nur eine Kriegslist.

Als sie sich von ihren Plätzen erhoben hatten, ist es dem Herrn Reithofer aufgefallen, daß sie kleiner sei, als er sie in der Erinnerung hatte. Und so dachte er nun, wie wäre es doch edel, wenn er ihr nur väterlich über das Haar streichen, ihr Zuckerln schenken und sagen würde: »Geh ruhig nach Haus, mein liebes Kind!« Aber wie ist das halt alles unverständlich mit dem Liebesleben in der Natur! Da ist ein starkes Muß, doch steht es dir frei, mit dem Willen dagegen anzukämpfen, sofern du einen Willen hast. Und so sagte er nun: »Kommens, Fräulein, gehen wir noch ein bisserl spazieren, es ist ja eine unwahrscheinlich laue Novembernacht.« – Aber da trat sie von ihm weg und sagte ihren harten Spruch: »So einfach geht das nicht!«

»Wieso?« erkundigte er sich harmlos, denn er konnte sich momentan nichts Genaues darunter vorstellen. »Weil das was kostet«, sagte sie und sah recht höhnisch drein, denn es tat ihr gut, wenn sich die Herren ärgerten, und nun wartete sie auf einen Ausbruch.

Aber darauf sollte sie vergebens warten. Zwar hätte sie der Herr Reithofer niemals für eine Solche gehalten, und drum schwieg er nun eine ganze Zeit. »Also eine Solche bist du«, sagte er dann leise und sah sie derart resigniert an, daß es sie gruselte. »Ich bin noch nicht lang dabei«, entfuhr es ihr gegen ihre Absicht. »Das vermut ich«, lächelte er, »aber ich hab halt kein Geld.« – »Dann müssen wir uns halt verabschieden!« – Jetzt sah er sie wieder so an. »Also ich hab ja keine Verachtung für dich«, meinte er, »aber daß du dich von einem Menschen in meiner wirtschaftlichen Lage ins Kino einladen laßt, das ist eine große Gemeinheit von dir!« Dann ließ er sie stehen.

3

Langsam ging er die Sendlinger Straße hinab und sah sich kein einziges Mal um, als sähe er eine schönere Zukunft vor sich. »Also, das war ein Mistvieh«, konstatierte er und haßte Anna momentan. Unwillkürlich fiel ihm seine erste Liebe ein, die ihm nur eine einzige Ansichtskarte geschrieben hatte. Aber bald dachte er wieder versöhnlicher, denn er war ein erfahrener Frauenkenner. Er sagte sich, daß halt alle Weiber unzuverlässig seien, sie täten auch glatt lügen, nur um einem etwas Angenehmes sagen zu können. Die Frau sei halt nun mal eine Sklavennatur, aber dafür könne sie eigentlich nichts, denn daran wären nur die Männer schuld, weil sie jahrtausendelang alles für die Weiber bezahlt hätten. Aber das war halt doch ein Mistvieh! schloß er seine Gedankengänge.

In der Rosenstraße hielt er apathisch vor der Auslage eines Fotografen. Drinnen hing ein vergrößertes Familienbild. Das waren acht rechtschaffene Personen, sie staken in ihren Sonntagskleidern, blickten ihn hinterlistig und borniert an, und alle acht waren außerordentlich häßlich.

Trotzdem dachte nun der Herr Reithofer, es wäre doch manchmal schön, wenn man solch eine Familie sein eigen nennen könnte. Er würde auch so in der Mitte sitzen und hätte einen Bart und Kinder. So ohne Kinder sterbe man eben aus, und das Aussterben sei doch etwas Trauriges, selbst wenn man als österreichischer Staatsbürger keinen rechtlichen Anspruch auf die reichsdeutsche Arbeitslosenunterstützung hätte.

Und plötzlich wurde er einen absonderlichen Einfall nicht los, und er konnte es sich gar nicht vorstellen, wieso ihm der eingefallen sei.

Es war ihm nämlich eingefallen, daß ein Blinder sagt: »Sie müssen mich ansehen, wenn ich mit Ihnen spreche. Es stört mich, wenn Sie anderswohin sehen, mein Herr!«

Nacht war's, und es wurde immer noch später, aber der Herr Reithofer wollte nicht nach Hause, denn er hätte nicht einschlafen können, obwohl er sehr müde war. Er war ja den ganzen Tag wieder herumgelaufen und hatte keine Arbeit gefunden. Sogar im ›Kontinental‹ hatte er sein Glück probiert, und als er dort seine hochmütigen Kollegen vor einem richtigen Lord katzbuckeln gesehen hatte, ist es nicht das erstemal gewesen, daß er seinen Beruf haßte. Und nun noch dazu dieses Abenteuer mit dem Mistvieh, das hatte ihn vollends um den Schlaf gebracht.

Jetzt stand er in der Müllerstraße und war voll Staub, draußen und drinnen. Drüben entdeckte er ein Bierlokal, und das lag dort verführerisch. Lang sah er es an. Also, wenn die Welt zusammenstürzt, durchzuckte es ihn plötzlich, jetzt riskier ich noch dreißig Pfennig und kauf mir ein Glas Bier!

Aber die Welt stürzte nicht zusammen, sondern vollendete ihre vorgeschriebene Reise mit Donnergang, und ihr Anblick gab den Engeln Stärke, als der Herr Reithofer das Bierlokal betrat. Die unbegreiflich hohen Werke blieben herrlich wie am ersten Tag.

4

Der Herr Reithofer war der einzige Gast. Er trank sein Bier und las in den ›Neuesten‹, daß es den Arbeitslosen entschieden zu gut gehe, da sie sich sogar ein Glas Bier leisten könnten. »Der Redner sprach formvollendet«, stand in der Staatszeitung, »und man war ordentlich froh, wieder mal den Materialismus überwunden zu haben –«, da fühlte er, daß ihn jemand anstarrte.

Vor ihm stand eine fremde Dame.

Er hatte sie gar nicht kommen hören, nämlich sonst hätt er aufgehorcht.

»Guten Abend, Herr Reithofer!« sagte die fremde Dame und meinte dann überstürzt, das sei ein großer Zufall, daß sie sich hier getroffen hätten, und über so einen Zufall könnte man leicht einen ganzen Roman schreiben, einen Roman mit lauter Fortsetzungen. Sie las nämlich leidenschaftlich gern. »Sie erlauben doch, daß ich mich zu Ihnen setz?« fragte sie und freute sich sehr. »Seit wann sinds denn in München, Herr Reithofer? Ich bin schon seit vorigem Mai da, aber ich bleib nimmer lang, ich hab nämlich erfahren, in Köln soll es besser für mich sein, dort war doch erst unlängst die große Journalistenausstellung« – so begrüßte sie ihn recht vertraut, aber er lächelte nur verlegen, denn er konnte sich noch immer nicht erinnern, woher sie ihn kennen konnte. Sie schien ihn nämlich genau zu kennen, aber er wollte sie nicht fragen, woher sie ihn kennen täte, denn sie freute sich aufrichtig, ihn wiederzusehen, und erinnerte sich gern an ihn.

»Nicht jede Ausstellung ist gut für mich«, fuhr sie fort. »So hab ich bei der Gesoleiausstellung in Düsseldorf gleich vier Tag lang nichts für mich gehabt. Ich war schon ganz daneben und hab vor lauter Ärger einen Ausstellungsaufseher angesprochen, einen sehr höflichen Mann aus Krefeld, und hab ihm gesagt, es geht mir schon recht schlecht bei eurer Gesoleiausstellung, und der Krefelder hat gesagt, das glaubt er gern, daß ich keine Geschäfte mach, wenn ich vor seinem Pavillon die Kavalier ansprech. Da hab ich's erst gemerkt, daß ich vier Tag lang in der Gesundheitsabteilung gestanden bin, direkt vor dem Geschlechtskrankheitenpavillon, und da hab ich's freilich verstanden, daß ich nichts verdient hab, denn wie ich aus dem Pavillon herausgekommen bin, hat's mir vor mir selber gegraust. Ich hätt am liebsten geheult, solche Ausstellungen haben doch gar keinen Sinn! Für mich sind Gemäldeausstellungen gut, überhaupt künstlerische Veranstaltungen, Automobilausstellungen sind auch nicht schlecht, aber am besten sind für mich die landwirtschaftlichen Ausstellungen.«

Und dann sprach sie noch über die gelungene Grundsteinlegung zum Bibliotheksbau des Deutschen Museums in Anwesenheit des Reichspräsidenten von Hindenburg, über eine große vaterländische Heimatkundgebung in Nürnberg und über den Katholikentag in Breslau, und der Herr Reithofer dachte: Ist das aber eine geschwätzige Person! Vielleicht verwechselt sie mich, es heißen ja auch fremde Leut Reithofer – da bemerkte er plötzlich, daß sie schielt. Zwar nur etwas, aber es fiel ihm trotzdem ein Kollege ein, mit dem er vor dem Kriege in Preßburg gearbeitet hatte, und zwar im Restaurant Klein. Das ist ein kollegialer Charakter gewesen, ein großes Kind. Knapp vor dem Weltkrieg hatte dieses Kind geheiratet und zu ihm gesagt: »Glaub's mir, lieber Reithofer, meine Frau schielt, aber nur ein bisserl, und sie hat ein gutes Herz.« Dann ist er in Montenegro gefallen. Er hieß Karl Swoboda.

»Als mein Mann in Montenegro fiel«, sagte jetzt die geschwätzige Person, »da hab ich viel an Sie gedacht, Herr Reithofer. Ich hab mir gedacht, ist der jetzt vielleicht auch gefallen, der arme Reithofer? Ich freu mich nur, daß Sie nicht gefallen sind, erinnern Sie sich noch an meine Krapfen?«

Jetzt erinnerte er sich auch an ihre Krapfen. Nämlich er hatte mal den Karl Swoboda zum Pferderennen abgeholt, und da hatte ihn dieser seiner jungen Frau vorgestellt, und er hatte ihre selbstgebackenen Krapfen gelobt. Er sah es noch jetzt, daß die beiden Betten nicht zueinander paßten, aber er hatte dies nicht ausgenützt, und nach dem Pferderennen ist der Swoboda sehr melancholisch gewesen, weil er fünf Gulden verspielt hatte, und hatte traurig gesagt: »Glaub's mir, lieber Reithofer, wenn ich sie nicht geheiratet hätt, wär sie noch ganz verkommen, auf Ehr und Seligkeit!«

»Sie haben meine Krapfen sehr gelobt, Herr Reithofer«, sagte Karl Swobodas Witwe und hatte dabei einen wehmütigen Ausdruck, denn sie war halt kein Sonntagskind. Zwar stand in ihrem Horoskop, daß sie eine glückliche Hand habe. Nur vor dem April müsse sie sich hüten, das wäre ihr Unglücksmonat, und dann gelänge ihr alles vorbei. »Dann dürft ich halt überhaupt nicht leben!« hatte sie gewollt lustig gerufen, als sie dies erfahren hatte, denn sie hatte im April Geburtstag.

Dies Horoskop hatte ihr die Toilettenfrau gestellt und dabei behauptet, daß sie das Weltall genau kennen täte, allerdings nur bis zu den Fixsternen. Sie hieß Regina Warzmeier und war bei den Gästen sehr beliebt, denn sie wußte immer Rat und Hilfe, und so taufte man sie die ›Großmama‹.

Als der Herr Reithofer an die Preßburger Betten dachte, näherte sich ihm die Großmama. Wenn sie nämlich nichts zu tun hatte, stand sie vor ihren beiden Türen und beobachtete die Gäste, um noch mehr zu erfahren. So hatte sie nun auch bemerkt, daß das Gretchen den Herrn Reithofer wie einen großen Bruder behandelte, und für solch große Geschwister empfand sie direkt mütterlich – und also setzte sie sich an des Herrn Reithofers Tisch.

Das Gretchen erzählte gerade, daß im Weltkrieg leider viele kräftige Männer gefallen sind und daß hernach sie selbst jeden Halt verloren hat, worauf die Großmama meinte, für Offiziere sei es halt schon sehr arg, wenn so ein Weltkrieg verlorenginge. So hätten sich viele Offiziere nach dem Kriege total versoffen, besonders in Augsburg. Dort hätte sie mal in einer großen Herrentoilette gedient, und da hätte ein Kolonialoffizier verkehrt, der alle seine exotischen Geweihe für ein Faß Bier hergeschenkt hätte. Und ein Fliegeroffizier hätte gleich einen ganzen Propeller für ein halbes Dutzend Eierkognaks eingetauscht, und dieser Flieger sei derart versoffen gewesen, daß er statt mit »Guten Tag!« mit »Prost!« gegrüßt hätte.

Und der Herr Reithofer meinte, der Weltkrieg hätte freilich keine guten Früchte getragen, und für so Offiziere wäre es freilich besser, wenn ein Krieg gewonnen würde, aber obwohl er kein Offizier sei, wäre es für ihn auch schon sehr arg, wenn ein Krieg verloren würde, obwohl er natürlich überzeugt sei, daß er persönlich auch als Sieger unter derselben wirtschaftlichen Depression zu leiden hätte. So sei er nun schon ewig lang arbeitslos, und es bestünde nicht die geringste Aussicht, daß es besser werden wollte.

Hier mischte sich ein älterer Herr ins Gespräch, der sich auch an den Tisch gesetzt hatte, weil er sehr neugierig war. Er meinte, es wäre jammerschade, daß der Herr Reithofer kein Fräulein sei, denn dann hätte er für ihn sofort Arbeit.

»Wie meinen Sie das?« erkundigte sich der Herr Reithofer mißtrauisch, aber der ältere Herr ließ sich nicht verwirren. »Ich mein das gut«, lächelte er freundlich und setzte ihm auseinander, daß, wenn er kein Kellner, sondern eine Schneiderin wäre, so wüßte er für diese Schneiderin auf der Stelle eine Stelle.

Er kenne nämlich einen großen Schneidergeschäftsinhaber in Ulm an der Donau, und das wäre ein Vorkriegskommerzienrat, aber der Herr Reithofer dürfte halt auch keine Österreicherin sein, denn der Kommerzienrat sei selbst Österreicher, und deshalb engagiere er nur sehr ungern Österreicher. Aber ihm zuliebe würde er vielleicht auch eine Österreicherin engagieren, denn er habe nämlich eine gewisse Macht über den Kommerzienrat, da seine Tochter auch Schneiderin gewesen wäre, jedoch hätte sie vor fünf Jahren ein Kind von jenem Kommerzienrat bekommen, und von diesem Kind dürfte die Frau Kommerzienrat natürlich nichts wissen. Die Tochter wohne sehr nett in Neu-Ulm, um sich ganz der Erziehung ihres Kindes widmen zu können, da der Kommerzienrat ein selten anständiger Österreicher sei.

Dieser freundliche Herr war Stammgast und wiederholte sich oft. Auch debattierte er gern mit der Großmama und kannte keine Grenzen. So erzählte er ihr, daß seinerzeit jener Höhlenmensch, der den ersten Ochsen an die Höhlenwand gezeichnet hätte, von allen anderen Höhlenmenschen als geheimnisvoller Zauberer angebetet worden sei, und so müßte auch heute noch jeder Künstler angebetet werden – er war nämlich ein talentierter Pianist –, und dann stritt er sich mit der Großmama, ob die Fünfpfennigmarke Schiller oder Goethe heiße – er sammelte ja auch Briefmarken –, worauf die Großmama meistens erwiderte, auf alle Fälle sei die Vierzigpfennigmarke jener große Philosoph, der die Vernunft schlecht kritisiert hätte, und die Fünfzigpfennigmarke sei ein Genie, das die Menschheit erhabenen Zielen zuführen wollte, und sie könnte es sich schon gar nicht vorstellen, wie so etwas angefangen werden müßte, worauf er meinte, aller Anfang sei halt schwer, und er fügte noch hinzu, daß die Dreißigpfennigmarke das Zeitalter des Individualbewußtseins eingeführt hätte. Dann schwieg die Großmama und dachte, der rechthaberische Mensch sollte doch lieber einen schönen alten Walzer spielen.

5

Als der Herr Reithofer von der Stelle für das Fräulein hörte, dachte er unwillkürlich an das Mistvieh von zuvor, das ihn in jenes blöde Kino verführt hatte. Er sagte sich, das wäre ja ausgerechnet eine rettende Stelle für es, es hätte ihm ja erzählt, daß es erst seit kurzem eine Solchene und eigentlich Näherin sei. Vielleicht würde es ihn jetzt nur ein Wörtchen kosten, und sie würde morgen keine Solchene mehr sein, als wäre er der Kaiser von China. Aber ich bin halt kein Kaiser von China, sagte er sich, und sie ist halt ein Mistvieh!

Der ältere Herr hatte sich gerade erhoben, um sich die neue Illustrierte zu holen. »Er ist ein Sonderling«, meinte die Großmama ironisch, und der Herr Reithofer dachte: Wahrscheinlich ist auch dieser Sonderling ein Mistvieh!

»Aber es ist doch schön von ihm, daß er dem Herrn Reithofer helfen möcht«, meinte die Swoboda leise und blätterte abwesend in einer Zeitschrift. »Freilich ist das schön«, grinste der Herr Reithofer, und plötzlich fiel es ihm auf: Er weiß ja gar nicht, ob ich am End nicht auch ein Mistvieh bin! Ich bin doch auch eins, meiner Seel! Und er dachte weiter, und das tat ihm traurig wohl: Wenn sich alle Mistvieher helfen täten, ging es jedem Mistvieh besser, überhaupt sollten sich die Mistvieher mehr helfen, es ist doch direkt unanständig, wenn man einem nicht helfen tät, obwohl man könnt. – »Er lügt!« sagte die Großmama. »Nein, das tut er nicht!« verteidigte ihn die Swoboda und wurde heftig.

»Das werden wir gleich haben!« meinte der Herr Reithofer und wandte sich an den Sonderling, der nun mit seiner Illustrierten wieder an den Tisch trat: »Sagen Sie, Herr, ich kann ja jetzt leider nicht weiblich werden, aber ich wüßte eine für Ihren Kommerzienrat, eine erstklassige Schneiderin, und Sie täten mir persönlich einen großen Gefallen«, betonte er, und das war gelogen.

Also das wäre doch gar nicht der Rede wert, unterbrach ihn der Sonderling, denn das kostete ihn nur einen Anruf, da sich jener Kommerzienrat zufällig seit gestern in München befände – und schon eilte er ans Telefon. Also das ist ein rührendes Mistvieh, dachte der Herr Reithofer, und die Swoboda sagte andächtig: »Das ist ein seltener Mensch und ein noch seltenerer Künstler.« Aber die Großmama sagte: »Er lügt.«

Jedoch die Großmama sollte sich täuschen, denn nach wenigen Minuten erschien der seltene Mensch, als hätte er den Weltkrieg gewonnen. Der Kommerzienrat war pure Wahrheit, und so konnte er sich vor lauter Siegesrausch nicht sogleich wieder setzen. Er ging um den Tisch herum und erklärte dem Herrn Reithofer, sein Fräulein könne die Stelle auf der Stelle antreten, doch müßte sie sich morgen früh Punkt sieben Uhr dreißig im Hotel »Deutscher Kaiser« melden. Sie solle nur nach dem Herrn Kommerzienrat aus Ulm fragen, und der würde sie dann gleich mitnehmen, er würde nämlich um acht Uhr wieder nach seinem Ulm zurückfahren.

Und der Herr Reithofer fragte ihn, wie er ihm danken solle, aber der seltene Mensch lächelte nur: eine Hand wasche halt die andere, und vielleicht würde mal der Herr Reithofer in die Lage kommen, ihm eine Stelle verschaffen zu können, wenn er kein Vertreter wäre, sondern eine Masseuse. Und er ließ sich auch das Telefon nicht bezahlen. – »Man telefoniert doch gern mal für einen Menschen«, sagte er.

»Ich kann nicht nähen«, murmelte die Swoboda, »ich hab halt schon alles verlernt.« Selbst die Großmama war gerührt, aber am tiefsten war es der seltene Mensch persönlich.

6

Es war schon nach der Polizeistunde, und in stummer Ruh lag nun die Holzstraße neben der belebteren Müllerstraße. Hier irgendwo würde wahrscheinlich das Mistvieh herumlaufen, überlegte der Herr Reithofer, und er überlegte logisch.

Er hatte es schon eine ganze Weile krampfhaft gesucht, und nun ging's bereits auf halb zwei. Endlich stand es drüben an der Ecke. Es unterhielt sich gerade mit einem Schofför, der sehr stark auf Frauen wirkte. Man sah ihm dies an, und deshalb wartete der Herr Reithofer, bis sie sich ausgesprochen hatten.

Dann näherte er sich ihr langsam von hinten und kam sich dabei so edel und gut vor, daß er sich leid tat. »Guten Abend, Fräulein!« begrüßte er sie überraschend. – Anna sah sich um, erkannte ihn und erschrak derart, daß sie keinen Laut hervorbrachte. Aber er gab ihr keinen Anlaß dazu, sondern teilte ihr lediglich mit, daß er ihr eine solide Arbeitsmöglichkeit verschaffen könnte, aber sie müßte bereits um acht Uhr früh mit einem richtigen Kommerzienrat nach Ulm an der Donau fahren, und das wäre doch ein direkter Rettungsring für sie.

Sie starrte ihn an und konnte ihn nicht verstehen, so daß er sich wiederholen mußte. Aber dann unterbrach sie ihn gereizt, er solle sich doch eine andere aussuchen für seine gemeinen Witze, und sie bitte sich diese geschmacklose Frozzelei aus und überhaupt diesen ganzen Hohn. – Jedoch er ließ sie nicht aus den Augen, denn das Mistvieh tat ihm nun auch richtig leid, weil es den Kommerzienrat nicht glauben konnte.

Es murmelte noch etwas von Roheit, und plötzlich fing es an zu weinen. Man solle es doch in Ruh und Frieden lassen, weinte es, es sei ja eh schon ganz kaputt. Und das gäb's ja gar nicht auf der Welt, daß ihr ein Mensch mit einem Rettungsring nachlaufe, nachdem sie diesen Menschen ausgenützt hätte. Aber der Herr Reithofer schwieg noch immer, und jetzt ließ auch das Mistvieh kein Wort mehr fallen.

Es hatte ja bereits angefangen, nur an das Böse in der Welt zu glauben, aber nun erlebte es ein Beispiel für das Vorhandensein des Gegenteils, zwar nur ein kleines Beispiel, aber doch ein Zeichen für die Möglichkeit menschlicher Kultur und Zivilisation. Es schnitt ein anderes Gesicht und weinte nicht mehr. »Das hätt ich wirklich nicht gedacht«, lächelte sie, und das tat ihr weh.

»Wissens, Fräulein«, meinte der Herr Reithofer, »es gibt nämlich etwas auch ohne das Verliebtsein, und das ist halt die menschliche Solidarität.«

Dann ließ er sie stehen.

Und er hatte dabei ein angenehmes Gefühl, denn nun konnte er es sich gewissermaßen selbst bestätigen, daß er einem Mistvieh geholfen hatte. Ungefähr so:

Zeugnis

Ich bestätige gern, daß das Mistvieh Josef Reithofer ein selbstloses Mistvieh ist. Es ist ein liebes, gutes, braves Mistvieh.

gez. Josef Reithofer
Mistvieh

Printed in Poland
by Amazon Fulfillment
Poland Sp. z o.o., Wrocław

30878252R00060